U0074776

君偉上小學9 特別篇

君偉的怪奇報告

文 王淑芬　圖 賴馬

目次

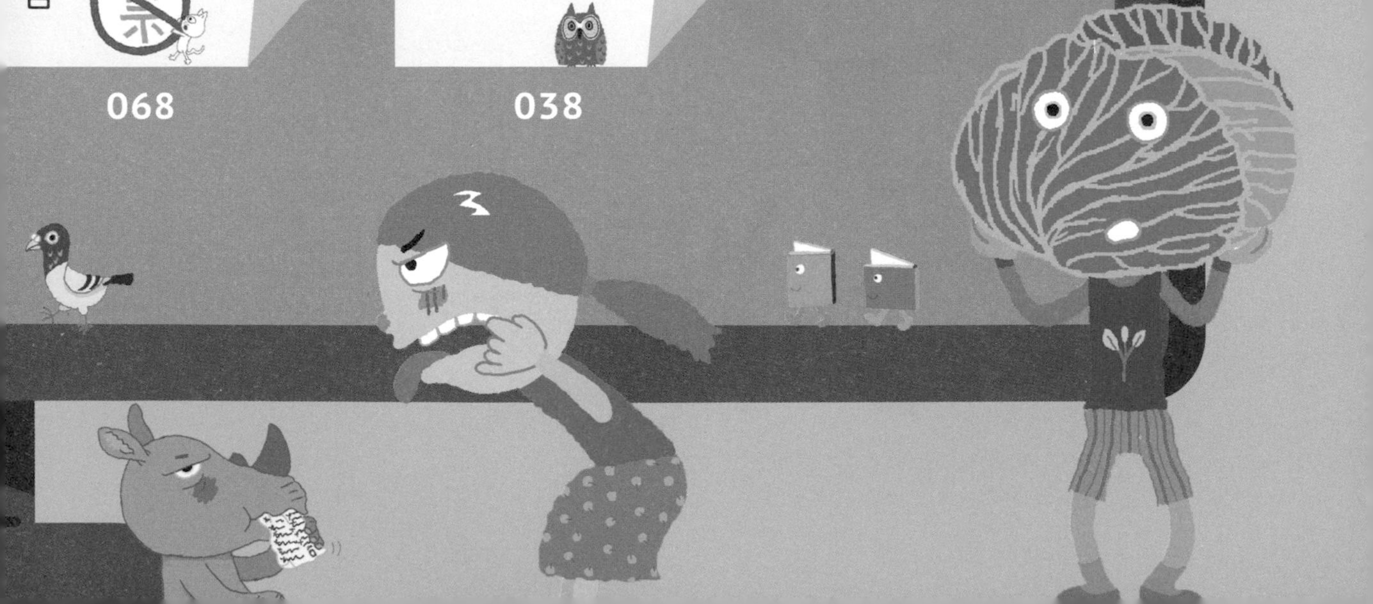

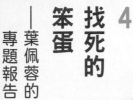

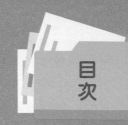

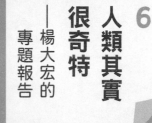

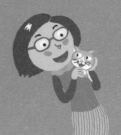

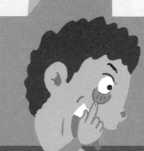

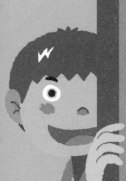

人物介紹

張君偉

我的報告主題是動物，本來我想報告恐龍，但是張志明說恐龍都已經滅絕了，不要再增加牠們的悲傷。

陳玟

我的報告主題很偉大，禁止隨意批評我。我是憂國憂民的正人君子，立志盡忠報國、發揮正義。

楊大宏

我的報告主題是人類，人是世界上最該被研究的動物，我們要好好愛護自己，別讓人類滅絕。

張志明

我的報告主題是「書」，嚇一跳吧？這可不是愚人節的惡作劇喔。

葉佩蓉

我的報告主題雖然是笨蛋，不過我可沒有在諷刺本班的同學。

白忠雄

我的報告主題跟吃的有關，別問我體重幾公斤，這樣沒禮貌。

小花阿姨

我的報告主題當然是有趣的書，歡迎到圖書館來，我會為你介紹好書。比如你正在看的這一本《君偉的怪奇報告》，絕對適合你。

暴龍老師

我的報告主題是傳說，不過裡頭沒有鬼故事。我不是個會讓學生做惡夢的老師，那是「傳說」，假的。

江美美老師

我的報告主題與詐騙有關，我們班很需要，不騙你。

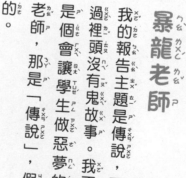

1 張志明的專題報告

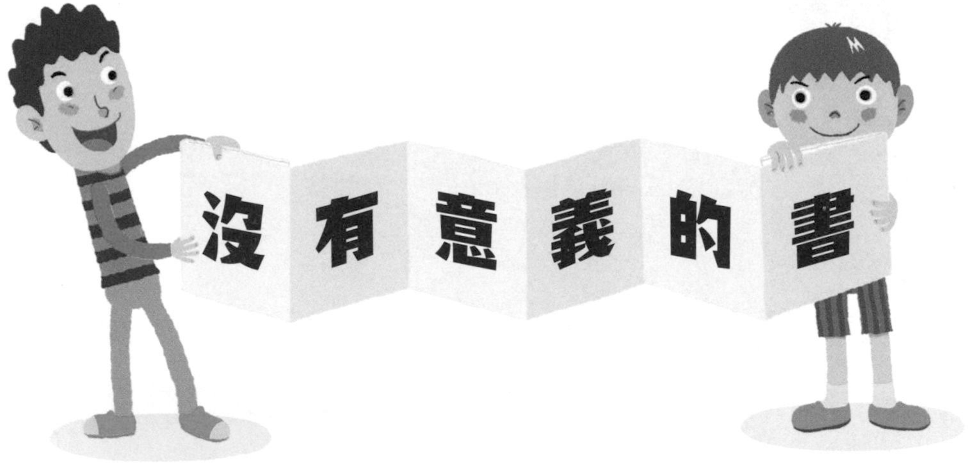

張志明近來結交了一位知心好友，是圖書館的小花阿姨。

小花阿姨每星期二在圖書館擔任志工，非常熱心，會向來借書的小朋友推薦各種書籍。她常掛在嘴邊的口頭禪是：「這本書很好看喔，絕對適合你。」

上個月，張志明陪我去找恐龍與昆蟲的書。在排隊借書時，他對著一本講豆腐的書，看得出神。小花阿姨便說：「豆腐對身體很好，這本書絕對適合你。」

張志明卻搖頭說：「我媽昨天買的臭豆腐根本不夠『香』。」

聽完這句無意義的話，小花阿姨仍然沒放棄，繼續鼓勵張志明：「我們來討論你適合讀哪一類書吧，一定有一本書能打動你。」

張志明又搖頭：「每本書都在教小孩要變乖，讀完會很累。」

班長陳玟正巧走進圖書館，馬上接話：「江美美老師教到你這位神童才累呢。」

沒想到小花阿姨沒被張志明難倒，眉開眼笑的拉著他往後方走，說：「這裡有一本書絕對適合你。」

我們好奇的跟過去，小花阿姨抽出一本書，書名是《誰要一隻便宜的犀牛》，她把書遞給張志明並介紹：「這本書並沒有教人要變乖，好看。」她還翻開書，指著上面的圖說：「這隻犀牛很可愛吧。嚴格說來，這本書並沒有特別的意義，但是有想像力。」

陳玟大叫：「書怎麼可以沒有意義？」

我小聲提醒：「圖書館要輕聲細語。」

「謝謝小花阿姨，我正需要這本書。」張志明的人生忽然有了意義。「老師要每個人找一個主題做專題報告。沒有意義的書，跟我好搭啊！」張志明說完，瞬間與小花阿姨成為摯友，約定每週二都來借閱「沒有特別意義的書」。

想起開學不久時，江老師為了提升全班的學術氣息，規定每位同學以自己的興趣，設定專題、收集資料，在期末時繳交

一份完整報告。每個月並輪流上臺報告這份研究的大綱。

「什麼主題都可以。」江老師才說完，楊大宏馬上皺起眉頭抗議：「只能有一個主題嗎？我的腦子裡已經有五個嚴肅的專案研究題目了。」

我轉頭問：「哪五個？」，很怕昆蟲主題被楊大宏搶走。

「都是龐大而且……」楊大宏話還沒說完，陳玟立刻打斷：「本班班規不是有一條：不要炫耀嗎？」

雖然本班沒有明確的班規，不過這句話讓楊大宏閉上嘴，連眼睛都闔上，一副「不跟你們這些平凡人計較」的模樣。

下課時，張志明拿著一張恐龍貼紙來和我討論，希望我幫他想主題，最好連內容都幫他想清楚，如果能告訴他在哪裡抄到內文，更好。

「我當然不能幫你。」

他嘆了一口氣，說：「沒有知心朋友的人好可憐。」

如今，很顯然小花阿姨已成為他的知心好友，不但幫他找到許多沒有意義的書，而且還買一送一，另外找到幾本好看的、不只是在教小孩變乖的故事書，並且極有耐性的為張志明解說書裡的內容。

張志明每週二勤跑圖書館，連陳玟都送他一句充滿正能量的成語：「你已痛改前非，很好。」

更讓人驚訝的是，張志明星期一交給江美美老師一張紙，內容居然是他的專題研究大綱。江老師無法相信自己的眼睛，一直盯著手上的大綱。我也湊過去，一看，不禁大叫出聲：「哇，張志明，你創造歷史了！你是第一個交專題大綱的人。」

江老師恢復鎮定，笑著說：「請張志明上臺把大綱讀給大家聽。」

於是，在全班瞪大雙眼注目下，張志明笑嘻嘻的站上講臺，將紙上的字朗讀出來。

四年七班專題研究　研究人：張志明

研究主題：沒有意義的書

研究目的：沒有特別的意義

研究方式：閱讀三本世界知名的「沒有意義」的書，然後分析它們的意義。

第一本：《貓頭鷹與貓咪》，作者是英國的愛德華·李爾。

第二本：《死小孩》，作者是美國的愛德華·高栗。

第三本：《誰要一隻便宜的犀牛》，作者是美國的謝爾・希爾弗斯坦。

補充：如果老師覺得不夠，我還可以寫一本《張志明笑話全集》，保證一點意義都沒有。

研究發現：

目前為止的發現有以下三點。

一、原來作家也會搞笑。

二、男作家比女作家愛搞笑。

三、讀搞笑的書，並不會讓讀者變成小丑，大家可以放心。

聽完張志明的口頭報告，大家都覺得新鮮，他自己也滿臉得意。只有陳玟不滿的說：「這種研究有什麼價值？」

但江美美老師卻說：「圖書館真的能改變一個人耶。張志明寫的研究大綱很吸引人。是你自己寫的嗎？」

張志明低下頭，害羞了。他低聲承認：「有些是小花阿姨教我的；但是《張志明笑話全集》是我自己想的。」說完，他還發誓：「如果笑話不夠好笑，我可以改。」

下課時，楊大宏拉著張志明和我到廁所邊商量機密大事。他愁容滿面的拍拍張志明的肩：「沒想到你能寫出完整的研究大綱，我很佩服。」

通常被楊大宏佩服，結局多半很哀傷。比如他曾經對我捉到的獨角仙，表示佩服；只是第二天他帶來一隻更大、更稀有的，結果讓我很哀傷。

「你想到主題了嗎？」張志明問楊大宏。

楊大宏點點頭：「我可以進行的研究主題太多，目前只剩下如何選出一個最後的主題。」

張志明貢獻他的意見：「要我阿嬤幫你問菩薩嗎？聽說我家附近寺廟的菩薩很靈驗。」

陳玟走過來，搖頭說：「現代人不可迷信。」，她還對楊大宏說：「靠自己，不要相信張志明。他的研究主題是『沒有意義的書』哩。」

我倒覺得這次張志明的報告讓人大開眼界，挺有趣的。

不過，楊大宏的機密大事其實是：「放學後要去買《科學月刊》，還是《史前小百科》？」因為他的零用錢只能買一本。

張志明大喊：「當然是要買美味的炸甜甜圈，請我們這些可愛的同學享用。」

楊大宏忽然眼睛一亮，叫著：「我知道要研究什麼了。」

張志明也叫著：「不要忘記請我吃兩個。」

我很緊張的問：「該不是要研究昆蟲吧？」我已經準備好要研究這個主題。

「不是。是更好玩的，但我要保密。」楊大宏說完這個機密，上課鐘響，張志明便趕快去上廁所。

學期末時，張志明在小花阿姨的熱心協助下，寫好完整的報告了。他還好心的借我看那三本沒有意義的書——以韻文書寫的

《貓頭鷹與貓咪》內容果然沒有意義，大意是說：「有一隻貓頭鷹與一隻貓，搭著綠豌豆船出海，牠們帶著用鈔票包起來的蜂蜜和錢。航行一年後，牠們結婚了，買了豬鼻環當戒指；住在火雞隔壁，在月光下跳舞。」

張志明的讀書心得是：「用鈔票包蜂蜜會漏光。」

楊大宏則說：「這本書可能是在諷刺人類喜歡花昂貴的錢買蜂蜜。」

我們去請教小花阿姨，這本書到底在講什麼，讀完後應該有什麼感想？她以神祕的表情回答：「這種沒有意義的書，可以激發你們想破頭，真有意義啊。」

以下就是張志明在學期末時，最後交給老師的報告結果：

研究主題：沒有意義的書

研究結果：

一、沒有意義的書，如果硬要鑽牛角尖，想到頭痛，也是可以找出意義的。比如：《死小孩》這本書，雖然講的是一群小孩離奇的死掉，但是，作者應該不是想嚇孩子，而是嚇大人，呼籲大人要注意兒童安全。

補充：舉我自己的實例，如果肚子太餓，沒有立刻吃美味炸甜甜圈，可能會餓死，或造成心靈的貧窮，也就是「心死」。

二、世界上有許多書，大部分有意義，小部分沒有意義。課本就是有意義的書，不然考試就沒有意義了。

三、為什麼作家要寫沒有意義的書，這是個謎。可能那些作家很閒，或預測到將來會有小孩想研究這個主題。作家的出發點是好意，那些作家應該是善良的人，不然就是吃飽太閒。

結論：

沒有意義的書其實很好笑，比如《誰要一隻便宜的犀牛》書中說，如果養了一隻犀牛在家，可以幫你把很爛的成績單吃掉。這本書會讓人想笑，也許這就是意義。

聽完報告，陳玟舉手提出需要改進的地方：「張志明在報告中寫了兩次『作家太閒』，其實是他自己吃飽太閒。」

張志明反對：「我早餐根本沒吃飽。」

江老師從頭到尾都在微笑，想必對張志明這份報告十分滿意。她還說：「我被張志明的研究熱情感動了，你們的報告必須像張志明的一樣精采才行。」

白忠雄不落人後，立刻大喊：「老師，我的專題研究主題跟吃有關，保證精采萬分。」

張志明雙眼發光，也大喊：「有講到炸甜甜圈嗎？」

「沒有。」白忠雄回答，但不忘提醒大家：「我叔叔在夜市賣炸甜甜圈，買十個送一個，划算。」

小花阿姨補充

沒有意義的書，就是「荒誕文學」，不過，大家可以想想：為什麼作家要寫荒唐詩歌或故事？

寫《貓頭鷹與貓咪》的愛德華．李爾，1812年出生於英國；除了著名的作品《荒誕書》，也是位博物學畫家，曾出版科學史上第一本鳥類的博物學專書，也曾經教當時的維多利亞女王畫圖呢。

《死小孩》的作者愛德華．高栗，1925年出生於美國。他熱愛推理小說，《死小孩》是暗黑版的字母書，二十六個小孩，按照名字的英文字母順序，有各種不幸遇難死法。除了這本書外，他還有《倒楣的小孩》、《惡作劇》等書，也都是沒什麼道理的書，因為他覺得「沒有意義，就是最大的意義」。

《誰要一隻便宜的犀牛》作者謝爾．希爾弗斯坦，1930年出生於美國。他寫了許多無厘頭的荒誕詩，如《每一種料都加》、《往上跌了一跤》等。不過，大家對他的《愛心樹》、《失落的一角》等，有溫暖也有寓意的書也很熟悉。

歡迎大家來圖書館借這些「乍看沒有意義，卻可能想出意義」的書，它們很適合小孩邊讀邊想。

為什麼您要寫
沒有意義的書？
呃！
吃飽太閒～

2 白忠雄的專題報告

張志明愛吃炸甜甜圈，但是我想他聽完白忠雄的研究專題後，應該沒胃口了，因為這個名為「古怪的食物」的主題報告，首先上場的便是「炸蜻蜓」。

「蜻蜓的成語有蜻蜓點水！」班長陳玟說出這句話後，馬上摀住耳朵，說她不想聽噁心食物的報告，以免午餐吃不下。

江老師帶著懷疑的眼神，詢問白忠雄：「你準備報告的大綱會很噁心嗎？」

「不會不會。蜻蜓好可愛，怎麼會噁心？」白忠雄才說完，陳玟又大吼一句：「牛頭不對馬嘴，答非所問。」

白忠雄笑咪咪的說：「正好我的報告裡也有馬喔。」

無論如何，老師還是請白忠雄上臺，根據他收集的資料，報告「古怪的食物」研究大綱。

只見白忠雄站上講臺，先舔了舔嘴脣，報告他的今日美食：「我早上吃了壽司與飯糰，還有巧克力牛奶，味道很搭，不會古怪。」接著又依照慣例，發揮他的宣傳精神，為自己家的商店做廣告：「這個月我家賣的巧克力牛奶買二送一，請告訴親朋好友快來買；我還會加送一包調味醬。」

說完，他打開邊角黏了一顆飯粒的紙，大聲讀出他的報告。

四年七班專題研究　研究人：白忠雄

研究主題：古怪的食物

研究目的：只要跟食物有關的我都有興趣，所以想知道以後出國要吃什麼。

研究方式：看書、上網搜尋以及問我爸爸，他有多年銷售美食的經驗。

一、看書：圖書館的小花阿姨推薦一本背包客旅遊的書，書中說有些國家把老鼠酒、羊頭、螞蟻和天竺鼠當作美食享用。螞蟻我可以，但是老鼠酒要消毒，而且要年滿十八歲才能喝酒。不過我家有賣料理米酒、梅子酒，請告訴媽媽來買。

二、上網搜尋：我輸入「古怪食物」，結果找到許多資料，大約可分成幾類。

1.油炸類：有炸蜻蜓、炸響尾蛇、炸海星、炸狼蛛，炸

蝗蟲、炸蠍子、炸蟬串、炸蛹等；顯示油炸的食物在很多國家都很受歡迎。我家有賣油炸專用的裹粉，種類齊全。

2.長菌或發霉類：比如玉米被玉米黑穗菌感染，長出一朵朵像菇類的東西，在墨西哥還被稱為「墨西哥松露」，很貴呢。有些起司刻意製造環境，讓無害黴菌感染，以便有獨特味道，例如斯蒂爾頓藍紋起司。我在高級的超市有看過發霉起司，很貴。我家賣的玉米沒有長菌，也不貴，歡迎大家選購。

3.長蟲類：義大利有一種故意長小蛆蟲的起司，當成千上萬的小蟲出現在起司上時，就可以大飽口福。我家有賣沒長蟲的起司，請大家多多光臨。

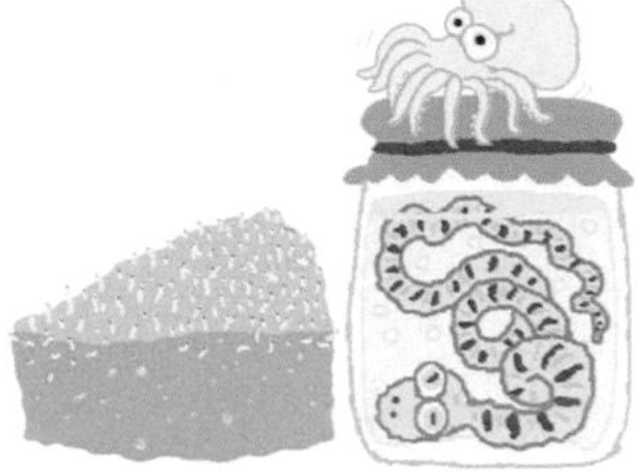

4.生吃類：日本人會生吃馬肉、韓國人會生吃活章魚。我家賣的肉要煮熟，請記得正確的烹飪方式。

5.其他奇怪類：墨西哥人會把蚊子的卵晒乾，再乾炒來吃，墨西哥人很勇敢。泰國有一道湯，材料是白蟻的蛋。加拿大人會吃麋鹿的鼻子，我覺得有點可怕。日本有大黃蜂脆餅，我閉上眼睛應該可以吞下去。香港人會吃蛇羹、很多地方都有泡蛇的酒。我再強調一次，十八歲才能喝酒。

三、我爸爸的經驗談：我爸是「賣得好商店」老闆，他說，只要沒有毒，能吞得下去，所有能吃的食物都不古怪啦。

補充：我個人不敢吃的古怪食物是「軟掉的炸薯條」，以及「硬掉的饅頭」。有一次我忘了吃完這兩樣早餐，一直放在書包裡，結果被

媽媽罵，說油污和碎屑很難清洗。

研究發現：

目前為止的發現有以下兩點：

第一點：人類什麼都能吃，所以古怪的不是食物本身，是人。

第二點：我家賣的食物都不古怪，請常常來買。

聽完白忠雄的大綱，老師的結論是：「你將古怪的食物分類來介紹，很有條理，讓聽眾印象深刻，這一點很成功。」

老師說得沒錯，我果然印象深刻，因為我的腦子裡全是昆蟲在油鍋裡被炸得吱吱響的畫面，人類好殘忍！

可是，楊大宏推推眼鏡，冷靜的說：「並不是人類殘酷。昆蟲數量太多，又富含蛋白質，是肉類的最佳替代品。如果有些地區買不起肉吃，可以吃蟲，營養又便宜。」

白忠雄馬上附議：「我可以請我爸爸開始賣炸蜜蜂的蛹，聽說很補。」

「不要！拒吃！」教室裡一片哀叫聲。

不過江老師居然說出一件讓全班驚嚇不已的童年往事：「我小時候吃過炸蟋蟀，口感不錯，脆脆的，挺香。」

陳玟大喊：「老師您形容得太毛骨悚然了。」

李靜則說：「老師您不該吃太多油炸的食物，對皮膚不好。應該吃雞爪，有膠原蛋白，皮膚才會有彈性。」

「謝謝這位美容大師。」張志明對李靜做了個鬼臉，還說：「依本大師之見，你應該多吃仙人掌，才會長得像仙女。」

李靜瞪他一眼，回答：「謝謝你的幼稚。我去年到澎湖玩，吃了很多仙人掌冰，快叫我仙女姐姐。」

陳玟對白忠雄研究主題的心得是：「根本就是藉機會為他家的商店推銷食物。用噁心的古怪食物，來對照他家的食物很正常，引起購買欲望。」

白忠雄眼神一亮，高興的說：「真的嗎？你想買什麼？我可以打折。」

不過，江老師卻搖頭否定陳玟：「不要把同學費盡心思的報告，當成有陰謀的計畫。我倒覺得這個研究主題很有意思，可以讓我們深思，為何一個地區的美食，卻被其他人視為古怪食物。」

我連忙舉手響應：「沒錯，我媽媽說，曾經有個統計結果表示，外國人覺得世界上最可怕的食物是臺灣的豬血糕。但是它明明就很好吃。」

張志明也是豬血糕的擁護者：「對啊，沾上滿滿的花生粉，還有滿滿的香菜，真是人間美味；我可以一次吃掉三支。」

楊大宏也獻上自己的愛好：「說到血，我偏愛麻辣鴨血。」

「豬血湯裡加酸菜，好吃。」白忠雄也加入討論，並且說明：「酸菜與豬血我家都有賣。」

江老師把話題拉回，請大家討論：「古怪食物之所以讓我們覺得不舒服，背後原因為何？」

我的答案是：「昆蟲那麼可愛，不該吃。要用來觀察與畫圖才對。」

楊大宏對我的回答提出疑問：「如果有一天，你可以吃的東西只剩下昆蟲，不吃就活不了，你吃不吃？」

這個難題會出現嗎？我堅決的說：「不吃！我可以吃草。」

「如果草都有毒呢？」楊大宏再問。全班也都轉頭看我，等我的回答。

我仍然堅持：「不吃！我可以吃其他植物。」

張志明支援我，他說：「如果全世界的可食東西都有毒，聰明的人類一定會想辦法解毒啦，別擔心。例如百科小王子楊大宏，一定知道如何解決，說不定還會發明出不必吃東西也能活的技術。」

陳玟嘆了一口氣：「老師的問題，總是被你們愈討論愈離題，真是朽木不可雕也。意思是壞掉的木頭，再怎麼厲害的雕刻師，也刻不出美麗的作品。」

張志明連忙接話：「但是可以雕出醜陋的作品啊。」

「雕刻出很醜的作品要做什麼？」陳玟對著張志明高聲質問。張志明笑著說：「古怪食物都能吃了，醜陋的雕像一定也有用途，可以用來嚇人。」

江老師只好說：「我今天已經被古怪食物嚇得心跳加速了，這則討論到此結束。學期末再看看白忠雄交的報告，有什麼驚人的結論。」

我舉手向老師報告：「我的研究主題就是驚人的昆蟲喔。」

以下就是白忠雄在學期末時，最後交給老師的報告結果：

研究主題：古怪的食物

研究結果：

一、所謂的古怪食物，可能只是一種偏見。例如臺灣人常吃的皮蛋，外國人卻幫它取名為「千年蛋」，說它看起來像千年怪物一樣可怕。我媽媽常做皮蛋豆腐這道菜，明明很好吃啊；所以這是外國人的偏見。

二、古怪食物，有時候可說是這個地區獨特的智慧；只要肯吃，就不怕沒東西吃，永遠不會餓壞，有利於生存。所以古怪食物，說不定是救命的食物。

三、我家賣的東西一點都不古怪，歡迎參觀，大批購買的話，另有優惠。

江老師刪掉第三點，不過獎勵白忠雄：「前面兩點寫得很好，有獨到見解。」

至於白忠雄這份研究的最後結論，引發大家熱情討論。

他的研究結論是：

不管食物古不古怪，如果餓的時候，都要閉著眼睛吞下去，以免餓死。比如有個地方喜歡把蛋放在小孩子的尿裡面去煮，說這樣吃起來有營養，若是我很餓，也會鼓起勇氣吃下去。

葉佩蓉尖叫：「吃童子尿煮蛋？你離我遠一點。」

江老師說：「這個結論是一道不錯的兩難思考題。為了

生存，再古怪的食物，都應該吃下去嗎？你有你的底線嗎？」老師解釋：「底線就是最低的標準，超過這個標準，就完全不能接受。」

「我懂。」張志明忽然跟老師有默契。「比如我的底線就是一天只能聽到陳玟說十句成語，聽到第十一句時我會崩潰。」

陳玟說：「朽木不可雕也，張志明不可教也。」

究竟，我們對古怪食物的底線是什麼？老師請全班同學回家後，跟家人一起討論。結果我媽立即大叫：「不要叫我吃榴槤。」

古怪食物節目主持人的補充

嗨，我是美國的安德魯，曾經主持一個名為「古怪食物」的電視節目，到世界各地去吃特色美食——一般人可能覺得「這個能吃嗎？」，但幸好我的膽子大，勇氣佳，所以肚子裡，的確裝進許多不可思議的食品。

其實最早這個節目只是一小時的「亞洲古怪食物」，但在美國播出後，觀眾覺得：從西方觀點看亞洲食物，比如吃雞腳、烏龜湯，實在新奇，因此節目大受歡迎，不斷重播。後來工作團隊便決定到世界各地去尋找更多奇妙的食物。

我也曾拍過臺灣專輯呢！想知道在美國人眼中，臺灣的古怪食物是什麼嗎？第一名就是臭豆腐！為什麼你們敢吃臭味熏天的東西呢？真想知道你們還吃過哪些臭臭的食物。但是酥炸蜂蛹倒是可以忍受，只要不去想蜜蜂在我肚子裡「嗡嗡嗡」的模樣就好。

我想這個節目受到觀眾喜愛，主要原因是滿足好奇心吧。歡迎你們來美國紐約吃照燒蟑螂與水母沙拉，十分開胃好吃喔。

酒

3 張君偉的專題報告

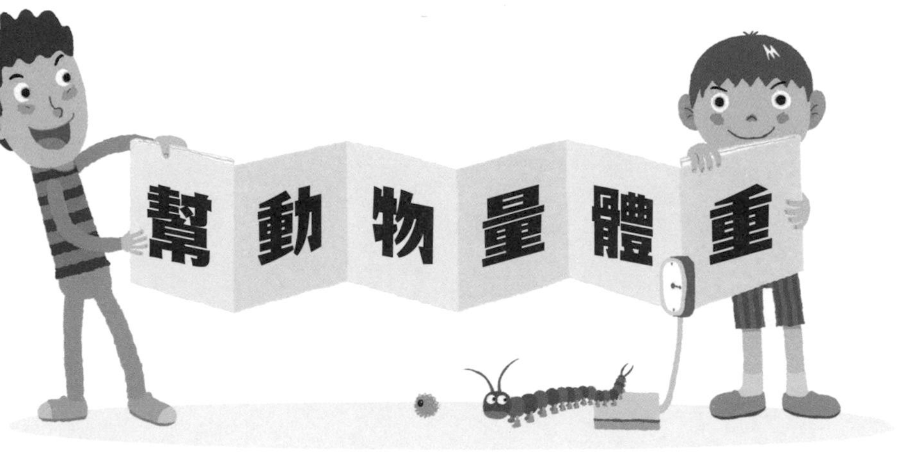

雖然聽過白忠雄的「古怪食物」研究大綱後，我的腦海裡常有一群昆蟲被炸得面目全黑的驚悚畫面，不過，我是昆蟲迷，研究的主題當然想針對我的嗜好。只是，昆蟲可以研究的內容太多了，這次我該往哪個專題來進行，才有「驚奇」的效果呢？

爸爸想了想，夾起一口香菇，嚼了嚼，給

我建議：「不如，就寫昆蟲料理食譜。」

媽媽也同意，還幫我想好分類：「可以分為整隻食用類、去頭去尾類、磨粉類……」

爸爸和我一起大叫：「感覺像是研究如何虐待昆蟲，太殘忍了。」

媽媽不以為意，還補充：「超市賣的蝦仁，都有去頭去尾，省事。」

我趕快更正：「昆蟲的身體分為頭、胸、腹，沒有尾，所以如果要講求精確，不能說去頭去尾。」

媽媽又有靈感：「也可以研究有關昆蟲的詩歌，小時候我讀過一首詼諧的詩，大意是說：蜈蚣媽媽過年時很頭疼，因為要為孩子買新鞋。」

爸爸哈哈大笑，覺得有趣：「太有哏了！一隻小蜈蚣要買多少雙鞋啊。」

我只好又更正：「蜈蚣不是昆蟲啦，昆蟲只有六隻腳。」

「所以蜘蛛也不是昆蟲囉？」爸爸露出無限可惜的表情。「本來我還有好點子，帶你一起研究：昆蟲界的超級英雄，比如蜘蛛人、蟻人呢。」

蜘蛛不是昆蟲，不過螞蟻有六隻腳，是昆蟲無誤。

爸爸又吃了一口香菇，滿意的說：「至少我答對一半。君偉，你再吃一朵香菇，不要只吃肉，多吃植物類，有纖維，對身體健康有益。」

「香菇不是植物！」

看來，爸媽不但對昆蟲很陌生，對生物的分類也不熟。我決定先去找圖書館的小花阿姨。至少她會推薦優良的書，供我參考。

在讀過幾本有趣的昆蟲主題書後，我想了又想，不斷更改研究內容。昆蟲是世界上種類最多的動物，已知的有兩百多萬種；在地球上也有四億年的存活歷史，被研究與發表的資料多得滿坑滿谷，我的報告該選取哪幾個重點才好？

張志明看我在筆記本上寫了又擦，擦了又寫，便說：「幫我畫一隻雷龍，我妹妹想要貼在衣櫃上。」

「幫你畫一隻巴塔哥泰坦巨龍好了，這是目前發現最巨大的恐龍。」我撕下一張紙，開始畫起來。根據在阿根廷發現的化石，泰坦巨龍有長長的脖子。

張志明說：「君偉，你太厲害了。把這張貼在我妹妹的衣櫃上，正好提醒她不要一天到晚跟我搶炸甜甜圈，會愈吃愈胖，成為我家最巨大的人類，體重破百。」

「體重！」

我有新的方向了，乾脆來研究昆蟲如何量體重，順便找資料，看看有沒有其他意想不到的幫動物量體重的方式。

楊大宏在我們身邊讀百科全書，聽見我的想法，便說：「我表弟的課本中有一課『曹沖秤大象』，寫著古時候曹操的兒子曹沖在七歲時便想出『如何幫大象量體重』。他將大象帶到船上……」

話沒說完，張志明就說：「現在不要跟我講課文，我的大腦正在『下課』。」

百科小王子楊大宏毫不在意，繼續說：「不過如今幫大象量體重，採用的方式是地磅，就是在地上放置大型的磅秤。」

張志明說：「幫我量體重的方式比較簡單，請我吃一個炸甜甜圈，我就量給你。」他說完，我也正好擬定我的研究大綱。

四年七班專題研究　研究人：張君偉

研究主題：幫動物測量體重

研究目的：我想知道動物們的體重該如何量；如果是會飛的動物、會跑跳的動物，又該怎麼讓牠靜止不動？

研究方式：在圖書館找資料、利用假日參觀昆蟲館與動物園、上網搜尋。

一、在圖書館找到幾本有關「昆蟲量體重」的書，原來昆蟲是以「數位電子秤」來量，因為這種秤可以測量微小輕量的東西。測量的方式是先將昆蟲放在透明的塑膠袋內，量好後，再減掉袋子的重量，便是昆蟲的體重。

二、動物量體重的方式比較多樣化。我在動物園的官方網頁上看到許多想像不到的畫面，比如長頸鹿居然被工作人員乖乖抱著一起秤重。在國外的網頁上，還看到一隻貓頭鷹被一塊毯子包住，於是動也不動的被測量，真的好可愛啊。

三、海洋館工作人員會把體重計放在岸邊，當海豚、鯨魚帥氣的躍上岸時，便量好體重了。

研究發現：

一、幫動物量體重，是為了記錄牠們的健康狀況，進行時必須根據動物不同的習性安排，比如乖順的小動物，可以被保育員抱著一起量；或是在走道上，設立體重計，當動物經過時能順利測得。若想測量野外動物，也多半會將體重計放在牠們必經路上或是巢穴中處理。

二、動物園中，最難測量的是猴子，因為牠們太活潑好動了，跟張志明一樣。通常只好以食物引誘，進而測量。至於老虎與獅子，體重計則放在牠們休息巢穴的地上。

三、量動物的體重計有許多實用的設計。小青蛙的體重計有點像是大型湯匙，免得牠們輕易跳開；樹懶則以吊秤來量。動物體重計除了堅固，還必須有動態秤重的功能，就算牠們在體重計上蹦蹦跳跳、扭來扭去，體重計也能計算出平均數。

四、有一種特製的重量膠帶，是用動物身體的長度來估算重量。

五、昆蟲的體重十分輕微，一隻瓢蟲大約是一張郵票重。但可別以為昆蟲體型都是小小的，昆蟲館的館長說，亞馬遜雨林中的泰坦甲蟲，加上觸角的話，身體全長有二十一公分。巨大的竹節蟲，甚至可長達二百公分。

昆蟲會因為不同種類，體重上也會因雄、雌而不同。比如鍬形蟲先生，比鍬形蟲小姐重。但是大螳螂先生，體重只有大螳螂小姐的四分之一。

回家後，我將目前的研究內容給爸媽看。爸爸說：「研究人類體重比較麻煩，會暴肥又暴瘦。」媽媽則誇獎我：「整理得很好，研究動物的孩子不會變壞。」

輪到我上臺報告時，為了引起同學的興趣，我加了一點生活資料。

「老師、各位同學，你們的體重是多少？想知道一隻無尾熊有多重嗎？」

我才說完，陳玟就不滿的吼一句：「不要問江老師體重，沒禮貌。」

「根據統計，小學四年級學生的體重，平均大約三十公斤。」這句話一說，全班便轉頭看白忠雄。因為開學量身高體重時，他是全班最胖的，四十二公斤。

白忠雄笑咪咪的說：「謝謝大家的關心。這樣好了，如果全班都有準時交班費，我就開始減肥。」他還不忘加上重要的註解：「我家有賣可以消脂去肥的低熱量飲料，歡迎來買。」

我繼續報告研究大綱，當說到獨角仙長大反而變瘦時，全班又轉頭看白忠雄。他便開心的說：「我就知道我的未來不是夢，會變成超級名模，讓大家羨慕我的纖瘦身材。」

我正好可以適時的加入一項昆蟲的驚奇資料：「臺灣長尾水青蛾，非常漂亮，我在昆蟲館看到時，覺得牠比一般蝴蝶還美，可以說是昆蟲界的超級名模。」

我一面將拍到的照片展示給同學觀賞，一面補充：「有人

將牠稱為月神之蛾。水藍色與長長的尾部造型，好像站在舞臺的模特兒。」

葉佩蓉看得目不轉睛，還說：「真的好美喔。我從前以為蛾類都是醜小鴨，根本無法比得上蝴蝶，但是我覺得這隻很漂亮。」

張志明卻說：「牠自己應該不在意漂亮或醜吧。牠最在意的是不要被人類捕捉當標本，或不要被天敵吃掉。」

楊大宏推推眼鏡，以充滿敬意的眼神對張志明說：「你能說出天敵兩個字，很有學問。」

「當然！眾人皆知，我的天敵就是班長陳玟。」

陳玟本來還沉醉在月神之蛾的美圖中，聽見張志明的說法，一直搖頭：「朽木不可雕也，笨蛋不可教也。」

江老師糾正陳玟：「不要輕易批評別人是笨蛋，人人都有自尊心。」

葉佩蓉則舉手報告：「老師，我的研究主題是『笨蛋』耶。不過是研究真的笨蛋，不是在嘲笑同學喔。」

老師笑了，說：「張君偉今天的動物體重大驚奇，帶給我們不少有意思的知識。以後我看見地上的螞蟻，會忍不住想牠有多重？」

我連忙補上一句：「螞蟻因為太輕，實在量不出來，只好在塑膠袋內放進多隻一起測量，再除出平均數。其他迷你類動物也是這樣做。」

學期末時，交給老師的研究報告，我加入了心得與結論。

研究主題：幫動物測量體重

研究結果：

一、原本看似不可能的任務，比如幫細微的、會飛的昆蟲量體重，在科學家實驗與思考下，得到解決，證明人類只要善用大腦，便能化解難題。而且在這次研究中，我發現不一定要找複雜的主題，只要針對一項有趣的題目來做，也能有發現。

二、不少海洋生物的體重，從出生到長大成熟期，體型變化的比例好驚人。比如翻車魚或巨型魷魚，簡直像是從一顆小豆豆變成「綠巨人」。

三、本來我想訂的研究主題是「體重大驚奇」，但是在研究過程中，我覺得根本不能算是「驚奇」，因為這些都是原本就存在的事實，只是人類不知道而已。像是，就算人類不知道有些昆蟲的翅膀可以摺疊，但這件事一樣存在。所以，我認為應該驚奇的是：世界上到底還有多少事，人類根本就沒有答案？這件事才是讓我覺得驚奇。

江老師對我的結論很滿意，給我很高的分數，還在上課時表揚：「君偉的研究結果，具有延伸性，不會狹隘的被原有主題限制。我倒認為這一點讓我很驚奇呢，因為說明了人類具有無限的可能。」

張志明也有一份他的「驚奇報告」：「陳玟有那麼多的成

語掛在嘴邊，是本班的驚奇冠軍。」

「如果你願意三顧茅蘆向我請教，我可以讓你這顆頑石點頭。」陳玟一句話裡使用了兩個成語，發揮她成語女王的功力。

張志明點起頭來，回答：「我本來就會點頭了，謝謝。」

楊大宏的結論是：「讓我驚奇的是，張志明就像蟑螂一樣，跑得很快，即使是天敵也不易追上啊。」

昆蟲館館長的補充

如果說長尾水青蛾是昆蟲界的超級名模、美麗天使，那麼「鬼臉天蛾」就是地獄魔鬼，因為牠的胸部圖案好像一張可怕的魔鬼臉。當然這種說法，只是人類好玩的比喻，長得美或醜是天生的。鬼臉天蛾與長尾水青蛾，都是我具有充分熱情的研究對象。

其實昆蟲對人類有不少貢獻，比如蒼蠅常在骯髒、布滿細菌的地方出入，卻不會因此病倒，那是因為牠們體內有強效性的抗菌性蛋白質。科學家發現後，已經把這種物質運用於治療人類疾病。其中黃果蠅基因有百分之七十五與人類相同，飼養又容易，人類研究遺傳疾病與 DNA 運作，很仰賴牠們呢。

此外，如果對臺灣的生物有興趣，可以上網到「臺灣生命大百科」尋找相關資料，這是由林務局與中央研究院共同架設的公開網站。網址：https://taieol.tw/

4 葉佩蓉的專題報告

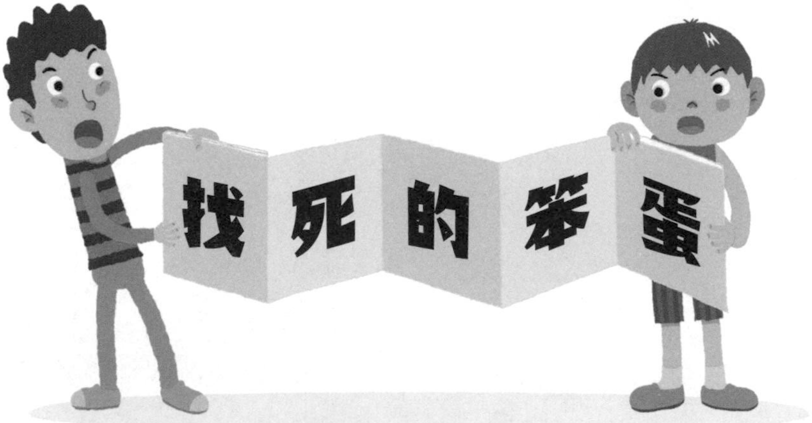

千萬不要惹惱本班的葉佩蓉，她會狠狠的送上一句：「你這個笨蛋。」不管江老師提醒她多少次：「這樣會傷害對方的自尊心。」她還是常常把「笨蛋」掛在嘴邊。

經由圖書館小花阿姨的努力引導，上週張志明竟然主動借了一本經典童話，說要增加自己的書香味，以迷倒眾人。葉佩蓉看了一眼書中的目次頁，又脫口而出：「『糖果屋』就是兩個笨蛋兄妹，被巫婆用糖果騙進屋內。」

張志明反駁：「那是因為他們肚子餓，很可憐。」葉佩蓉卻說：「笨蛋！肚子餓的時候，反而不能吃糖，會造成糖崩潰現象，愈吃愈餓。」

不只如此，葉佩蓉又繼續批評：「『小紅帽』就是一個笨蛋阿嬤被大野狼吃掉，然後笨蛋孫女也被吃掉的故事。」

張志明笑咪咪的回話：「看來這本笨蛋全集很適合我嘛。生活中到處有笨蛋，這樣才有趣，增加生活的甜蜜。」

他還舉例：「比如昨天有個笨蛋打電話到我家，想要詐騙我。聰明的我就騙他，我的名字不是林愛華，是『張笨蛋』，哈哈。」

「竟然為了對付詐騙集團，稱呼自己是笨蛋，你這個笨蛋！」班長陳玟在旁邊聽了，不斷搖頭。又說：「我聽了這件實例，並不覺得甜蜜，而是呼吸困難；張志明你散發出笨蛋氣息，造成空氣污染。」

還有一次，江老師在課堂上說到：「古代的秦始皇認為，只要跟我意見不合或對我的統治不利的書，必須通通燒掉。」葉佩蓉也馬上說出感想：「秦始皇真是個笨蛋！」還解釋：「因為這樣，後代的人可能就讀不到當時所寫的鬼故事和笑話集。」

連張志明也點頭：「好可惜。」

江老師這回倒是部分同意葉佩蓉：「秦始皇任意燒書，的確不聰明。」張志明拍馬屁：「對啊，江美美老師從來沒有燒掉課本，很聰明。」

江老師笑了：「張志明總是能針對一件事，完全畫錯重點。」不過，她還是提醒大家：「隨意罵人笨蛋，說不定會引發不必要的事端。」

沒想到，葉佩蓉居然再接再厲，堅持她的專題研究，主題是「找死的笨蛋」。她向老師保證：「請放心，我的研究對象不是本班的笨蛋，而是全世界最蠢的人，因為蠢到極點，連命都送掉了。」

這句話引起江老師的興趣，她說：「聽起來好像挺有意思，說不定具有人生參考的價值，會帶來啟示；我很期待呢。」

連楊大宏都說：「歷史上的確出現過不少害人反倒害己的事例，比如……」

葉佩蓉生氣的瞪他一眼：「太聰明有時也會害死自己。」

輪到葉佩蓉報告她的「找死的笨蛋」大綱時，六年級的暴龍老師，居然坐在教室後旁聽，因為他覺得這個題目很新奇。他向我們說明：「聽完後，我會轉告我班上的學生，改變他們的大腦，把笨蛋細胞殺掉。」

江美美老師笑了，說：「歡迎包老師來旁聽，我的學生都很有創意呢。」

於是，葉佩蓉讀出她的研究大綱。

四年七班專題研究　研究人：葉佩蓉

研究主題：找死的笨蛋

研究目的：希望經由我的研究報告，能喚醒世人不要做出蠢事，不但害到自己，嚴重者可能喪命。有時也害到別人，更是悲劇。

研究方式：閱讀相關書籍、上網找資料、訪問我家最聰明的人。

一、閱讀相關書籍。圖書館的小花阿姨說有一本收集了許多**「無意中做出笨蛋行為，因而害死自己」**的書。

於是我借來閱讀，果然被書中的笨蛋嚇到。

實例一：有個人想看看家裡的大油**桶裡還有多少汽油，於是點亮打火機，把打火機與頭都伸進油桶裡看。**

葉佩蓉說到這裡，張志明忍不住搭配做出音效：「碰！笨蛋，當然會爆炸。」

葉佩蓉認可：「沒錯，這個找死的笨蛋被炸死了。」

實例二：有個恐怖分子想製造炸彈包裹害死別人；結果忘了貼足郵票。當「郵資不足」的包裹退回給他時，他一時忘記自己設計的機關，習慣性的打開箱子，瞬間炸死自己。

她才說完，連暴龍老師都大笑出聲。張志明也有評論：「幸好是他死。」

實例三：有個人帶著心愛的狗去冰上釣魚，於是將車開到冰河中央。他將炸藥往遠處一丟，想炸開離自己遠遠的結冰處；可是才一扔炸藥，狗兒便按照平時的習慣，把炸藥叼回來，結果因此炸開他們腳下的冰。

「小狗是無辜的！」我們

都大喊。

葉佩蓉的研究方式還有兩種：

二、上網找資料。我爸爸說美國有個網站「達爾文獎」，專門收集這一類的蠢人蠢事。

實例一：二〇二〇年，日本有位常在網路分享自己生活的直播主，決定不帶任何登山裝備，一路直播自己如何爬富士山。結果天冷，加上山路溼滑，他跌入山谷，不過卻仍全程直播到不幸遇難。

我們都嚇得大呼：「為什麼要這樣？」

實例二：二〇一八年，有位印度人將車停在路邊休息，忽然見到一隻熊從路林中走出來，於是連忙拿出手機……

陳玟大喊：「要打一一九。」

只是，那位印度人覺得機會難得，拿出手機是為了自拍與熊的合照。還不自覺的愈靠愈近，結果當然是當場得到「達爾文獎」，被熊一掌擊斃。

「哇！何必跟熊自拍。」陳玟不斷嘆氣。

「最後一個實例也很離奇。」葉佩蓉說。

二〇一四年，兩名男子在肯亞為了與大象自拍，認為伸手摸著大象的臉，拍起來會更酷，於是決定這麼做，他們的下場就是被大象踩死。

張志明摸摸胸口說：「我以後絕對不要跟危險動物自拍。」

楊大宏推推眼鏡，也說：「又不是在上演瞎子摸象，真是笨蛋。」

葉佩蓉的研究方式第三點，是請教家裡的智慧長者，也就是她的外公。

根據外公的說法，世界上有三種找死的笨蛋。

第一種：明明已經買了彩券，卻沒有對獎。

第二種：明明已經對獎，也知道中獎，卻忘了兌換。

第三種：明明已經中獎，也在行事曆寫上兌換期限，中獎的彩券卻遺失了，怎麼找也找不到。

葉佩蓉說這是她外公的親身經歷，結果是被外婆罵到他很想死。她強調：「這只是比喻啦。我外婆人很好，她炸的甜甜圈外酥內軟，是專業等級。」

這一份研究大綱，我們都覺得有些恐怖；畢竟人命寶貴，好不容易活了幾十年，卻在短短幾秒鐘內喪命，而且是自找的，真是太不值得了。

暴龍老師也說：「沒想到這個充滿警告意義的獎項，提醒我們有時行為愚蠢，會付出慘烈的代價。謝謝葉佩蓉的報告。」

他還跟江老師商量，想邀請葉佩蓉到六年級巡迴演講呢。

回家後，我把這份報告大綱說給爸媽聽，媽媽瞪大眼睛，說：「原來有許多人是因為自拍而送掉性命。」

爸爸搖頭表示：「原因並非自拍，死因是愚蠢才對。做出正確的判斷與選擇很重要。」

學期末時，老師看過葉佩蓉的研究專題報告後說：「這份研究結果也很有參考價值。」還請葉佩蓉大聲朗讀給全班聽。

研究主題：找死的笨蛋

研究結果：

一、以後我不會隨便罵人笨蛋，笨蛋也是有衡量標準的，必須

真的笨到極點，甚至蠢到送命，才是名副其實的笨蛋。

二、本次研究的許多事例，是當事人自以為是，而做出愚人蠢事。也就是說，他自己完全不覺得這個行為不對。圖書館的小花阿姨說，有個社會研究，叫做「達克效應」，指的就是這類「因為很無知，所以連自己是無知的，都不知道。」我們千萬不要成為有「達克效應」的人。

老師點點頭，說第二點研究結果很好。並且勉勵我們：「古希臘有位哲學家蘇格拉底曾說：『我只知道，我什麼都不知道。』抱持謙虛心態，不斷學習才正確。」

張志明馬上接口：「我只知道，對於學校的每一個科目，我什麼都不知道。我是蘇格拉底的好徒弟。」

葉佩蓉又開口了：「你這個笨……我是說，你這個無知的孩子。」

江老師笑了：「我得立下一個規定：本班禁止隨意批評他人是笨蛋。」

「也應該禁止陳玟說太多句成語，我聽不懂，會讓我覺得自己是笨蛋。」張志明建議。

陳玟回答：「真是朽木不可雕也，對牛彈琴。」她還揭曉自己的研究主題：「報告老師，我的專題研究，正巧跟『禁止』有關呢。」

暴龍老師對「達爾文獎」的補充

這個獎是由任職於美國史丹福大學的溫蒂，在 1993 年設立的。獎項是用來記錄那些因為愚蠢行為而害死自己的人，而且是真人實事。取名為「達爾文獎」，意思是「獎勵」那些故意（其實是無知）害死自己的人，符合達爾文「適者生存、不適者淘汰」的精神，自己淘汰自己，不讓愚蠢的基因留傳下去。

雖然乍聽有點幸災樂禍，不過也許我們也能在這些事例中，得到警惕。

發明家富蘭克林曾說：「剛出生時大家都是無知的，但是要保持這種愚蠢則需要極大的努力。」這句反諷的話，就是在嘲諷達爾文獎的得獎人，努力的讓自己從人類基因庫中消失，以造福人類。

如果想了解更多達爾文獎（Darwin Awards），可以到官方網站網址：https://darwinawards.com/

5 陳玟的專題報告

又是星期二，張志明邀我上圖書館借書，但是我猜，真正理由是圖書館的小花阿姨答應教他摺紙。因為張志明的妹妹除了喜歡脖子很長的動物，也喜歡貓頭鷹。小花阿姨要教他摺一隻可愛貓頭鷹，以便讓張志明成為妹妹心中的英雄。

「原來，張志明看似凶悍，其實是暖男，很

疼妹妹呢。」小花阿姨說這叫做「鐵漢柔情」。張志明臉都紅了，一面低頭摺紙，一面搖頭：「我才不是軟綿綿的衛生紙，我是鐵板燒的鐵板。」接著，他假裝關心書架上的新書，還指著一本厚厚的書問：「這本《追風箏的孩子》，是在教小孩做風箏嗎？」

「不是呢。這是小說，背景是阿富汗。」陳玟正好抱著一疊書要歸還，聽見小花阿姨的說明，馬上說：「阿富汗的小孩可以放風箏。若是在印度，就沒那麼容易，那裡禁止沒有相關證件的人隨意放風箏。」

小花阿姨覺得好奇，想聽陳玟詳細解說。陳玟想了想，回答：「您想聽我們班的怪奇報告嗎？我請江老師邀請您。下星期三輪到我報告，歡迎來旁聽，還有更多超乎想像的『禁止』喔。」

「陳玟，我禁止你引起我的好奇心。」張志明把摺好的貓頭鷹收進口袋，做個鬼臉：「還有，我也禁止你再講成語。」

「我懶得跟凡夫俗子計較。」陳玟也回他一個鬼臉。「跟你說話是對牛彈琴。」

張志明裝傻：「是彈電子琴還是鋼琴，總不會是手風琴吧？」

「沒想到張志明是樂器專家。」小花阿姨一面說，一面跟著我們回教室，向江老師請教是否可以旁聽我們班的專題報告。

江老師不但一口答應，還說：「六年級的包老師也很有興趣，每場次都要來呢。」她還表示，為了鼓勵我們，江老師與

包老師也會製作一份有趣的專題報告，在學期末時與大家分享。

「太好了！我也想參加。」小花阿姨興致高昂，馬上加入。

不知道小花阿姨會研究什麼？張志明預測：「我猜，暴龍老師會研究如何嚇小孩，江老師會研究如何才不會嚇到小孩。這個世界很公平。」

楊大宏推推眼鏡，否定張志明：「世界上沒有絕對的公平。比如我媽媽禁止我喝汽水，真不公平。」

張志明也響應：「我媽媽一天到晚准許我喝汽水，完全不注意我的健康，太不公平了。」

「我禁止你再畫錯重點！朽木不可雕也。」陳玟警告張志明，又加上一句：「夏蟲不可以語冰。意思就是你這隻夏天小蟲，到了秋天就死了，所以跟你講冬天的冰雪你也不懂。」

張志明笑咪咪的禁止陳玟再說下去，還表示：「放心，我是雪花冰專家，夜市每一攤雪花冰我都吃過。」

陳玟的「禁止報告」，全班都很期待，連江老師都預告：「聽完之後，應該對我的教學方向有幫助，果然是教學相長；意思是教學時，在學生身上，老師也得到成長。」

聽完老師的說明，張志明哀嚎：「老師，不要被陳玟影響，講一堆成語啦。」

陳玟的報告真的很精采，我想她應該花了很多時間與心力收集材料。

四年七班專題研究　**研究人：陳玟**

研究主題：奇怪的禁止

研究目的：世界上有各種莫名其妙的禁忌與規定，我想研究這些不合理規定的形成原因；順便讓大家知道，我們班的班規很合

理，很有人情味。

研究方式：

因為研究的題目範圍很大，依我的能力，先鎖定三個小主題來探討。

一、世界各地有哪些奇怪的禁忌

二、歷史上有哪些奇怪的禁書

三、有哪些奇怪的禁止行為

目前為止的研究發現：

一、關於世界上的奇怪禁忌，我覺得前三名如下：

第一，有些地方禁止吃牛肉，有些地方禁止吃豬肉，大部分跟宗教有關。

第二，有些地方禁止出現奇數，有些地方禁止偶數。舉例來說，日本人送紅包，要包奇數，比如三萬日元，而且要用白色或淡

色的紙袋，表示純潔。可是我們喜歡收到偶數，象徵吉利，且用紅色紙袋裝才有喜氣。

俄羅斯與烏克蘭，在葬禮時會送偶數的花朵，平時可別送人偶數花朵；但是「十三」這個數目，在許多地方代表不幸、背叛，也是禁忌。

張志明馬上大喊：「乾脆什麼都別送，好麻煩。」

江老師也說：「不同文化的禮節的確相差甚遠，不過，請別打斷別人發言，這一點在世界各地都相同。」

張志明趕快做出嘴巴拉上拉鍊的樣子。

陳玟的奇怪禁忌第三點也是跟送禮有關。

西方人習慣收到禮物，會在送禮者面前打開包裝盒。可是如果我阿姨送我禮物，馬上打開後說：「喔，這個桌遊我已經有了。」，一定會被我媽責罵。

這一點大家都贊同，在送禮者面前打開盒子，有點奇怪，像是迫不及待。萬一不喜歡的禮物，忍不住露出失望的表情，也會讓對方尷尬吧。

陳玟又說，有些地區不可以送人時鐘，跟「送終」的發音一樣。有些地區不可送傘、手帕等。這些禁忌通常是古時候流傳下來的習俗，有些早就不合時宜，她覺得不必在意。

「沒錯！歡迎陳玟每天都送我禮物，我沒有禁忌。」張志明才說完，陳玟立刻送他一個大白眼。

陳玟繼續報告禁書規定。

二、歷史上有哪些奇怪的禁書

這一點實在太多實例了，都是當時的統治者，或是有影響力的團體，為了控制其他人的思想，所以才規定人民只能讀哪些無害的書。可是他們認為有害的書，有些根本就荒謬到極點。

例如，日本有段時間的「惡書追放運動」，以驅逐惡書為由，讓無辜的漫畫像中國古代的秦始皇時代一樣，被燒毀了。臺灣早年白色恐怖時期，連金庸的武俠小說都是禁書。至於現代的美國，每年還會公布「年度十大禁書」，著名的《哈利波特》常常名列禁書排行榜。

全班都驚呼：「為什麼？」

江老師為大家說明：「有些大人會以保護兒童為名，禁止小孩接觸他們認為有害的讀物。反對閱讀〈哈利波特系列〉書籍的大人，覺得書中講到魔鬼、巫術，背離他們的信仰，所以主張小孩不能讀。」但是江老師也強調：「只要有自主思想與明智的判斷力，就不會被書中情節影響。」

至於世界上還有哪些奇怪的禁止行為？陳玟報告了其中一件——

在瑞士，只養一條魚是違法的，根據他們的動物權益保護法規，一條魚自己生活在陌生環境，有礙牠的尊嚴和福利。此外，如果養了一隻貓，也必須確保牠能到戶外活動，或是從窗外看到同伴，否則就得養兩隻貓。

「瑞士人好愛護動物啊。」我們又大聲驚呼。

這份奇妙的各種禁止，果真引發我們熱烈的討論。連下課時仍然聊個不停。我轉述給爸媽聽時，爸爸也說：「我記得臺灣早期的禁書，有一本書教男生怎樣交女朋友也被禁了，理由是『妨害風化』。」

媽媽和我都大笑起來。媽媽想了想說：「我記得有本恐怖小說，連續十年都登上美國禁書排行榜，內容真的很黑暗驚悚。為了保護心靈還脆弱的小孩，不想讓他們太早接觸這種書，是大人的一番善意。」

我才不想看會讓我做惡夢的恐怖小說呢！但是爸爸卻很愛，還說：「我書架上那幾本經典的恐怖小說，會留給你長大後閱讀。」

看來，書該不該被禁止閱讀，有很大彈性，沒有絕對的規範。幸好目前，我都是聽江老師與小花阿姨的推薦好書，應該不會錯。況且光是她們推薦的好書，我都看不完啦。

陳玟這份專題報告的結論，很有她的個人特色，也就是「充滿成語」。

研究主題：奇怪的禁止

研究結果：

一、古今中外形形色色、千奇百怪的各種「禁止」，都是因為當時的民情或統治者的私心。現在如果還對不合理的規定，仍然不假思索的一味盲從，就是民智未開、渾渾噩噩、愚不可及。例如「不可以送李子或梨子給別人，代表會分

離。」這樣鮮美多汁的梨與李就太無辜了，它們才真是命運多舛啊。

二、但是有些禁忌，背後原因是善意，就可以彈性運用。例如「不能送人來歷不明的石頭和古董」，本來理由是怕帶來邪靈、惡運纏身；但是也可問清楚：「石頭是不是在國家公園撿的，違反規定；古董是不是在被保護的古蹟裡偷拿的，罪不可赦！」

三、若是將這些莫名其妙的禁止，與本班的班規對照，便可知我們班「民風純樸」。在本班上課，如沐春風，快樂幸福。

聽到民風純樸四個字，江老師和暴龍老師、小花阿姨全笑得捧腹。江老師說：「謝謝陳玟，我真是三生有幸，教到你們這一班。」

暴龍老師有疑問：「你們班的班規是什麼？」

全班齊聲回答：「自己管自己。」

不知道為什麼，暴龍老師看著江老師的眼神，好像充滿同情。

小花阿姨對「美國禁書週」的補充

每年九月的最後一週是美國的禁書週，會由美國圖書館協會公布一份禁書的書單。不過，這不是圖書館禁止的書，而是他們統計常被一般人檢舉、希望「快點把這本書下架」的書。曾出現過的書，有《安妮日記》、《頑童流浪記》等經典名著呢。至於檢舉的理由有些令人百思不解，有些則過於牽強，比如有些小說只因內容提到父母離婚，就被反對者主張「不適合青少年閱讀」，這一點算是過度保護吧。

圖書館公布這份書單的用意，並不是禁止大家借閱這些書，反而鼓勵民眾讀它們，再來好好思考「這本書，真的須要被禁止嗎？」舉辦禁書週的初衷，是為了維護每個人自主思考的權利。

學校圖書館裡的書，正等著大家來借，禁止你們忘記這些好書。

禁

6 楊大宏的專題報告

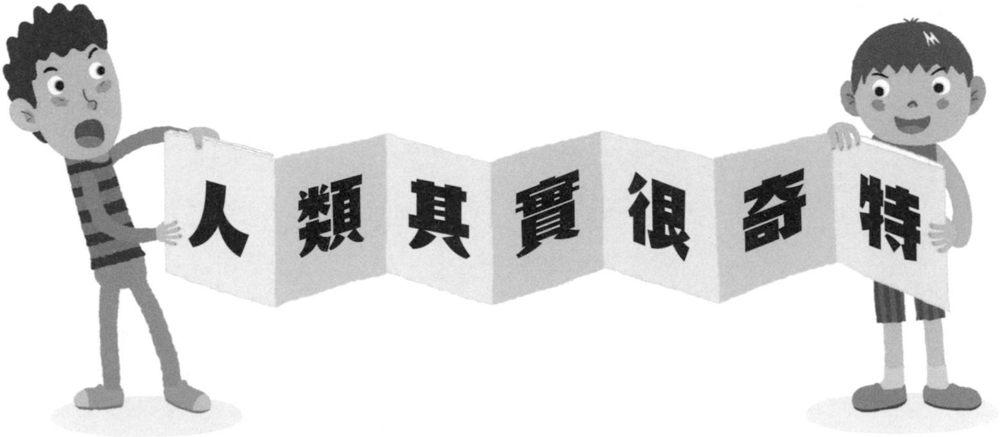

「這是張志明給我的靈感。」楊大宏在班上宣布他的專題研究題目是「人類其實很奇特」，還特別點名張志明的貢獻。

張志明得意的說：「快拜我為師，我會把生平絕學都傳授給你。」

「想不到張志明還會引用成語。」陳玟馬上接話，「真是世紀大驚奇啊。」

楊大宏說明：「雖然老師教的課程都一樣，但是，張志明總能有跟大家不同的結論。」他舉實例：老師說彩虹有七種顏色，紅橙黃綠藍靛紫。張志明卻說：「彩虹是黑色的。」理由很簡單，因為他的彩色筆只剩下黑色還有水。

老師笑了：「張志明總是讓我驚奇連連。」

陳玟大聲註解：「請注意，老師說的是『驚奇』連連，不是驚喜連連。驚奇是吃草莓時，咬到一隻蟲，是壞事；驚喜是吃到草莓時一點都不覺得酸，很好。」

楊大宏舉這個例子，意思是「張志明的想法很特別。」所以他決定研究人類的奇特之處，以便提醒世人「不要以為人類很普通，其實人很奇特，就像張志明一樣。」

江老師贊同楊大宏的的研究方向，想了想，也說：「的確，我們每天習慣做的動作，其實地球上很多動物都做不到呢。」

張志明立刻示範：「以我為例，每當陳玟說一句成語，我都會辛苦的想破頭。若是她對一隻烏龜說成語，烏龜只會繼續吃高麗菜葉，才不理她。」

陳玟大叫：「為何要講到我？你這顆高麗菜！」

「高麗菜營養豐富，謝謝你的讚美。」張志明笑嘻嘻，還拍拍楊大宏的肩說：「如果你的研究需要我幫忙，我這顆奇特的高麗菜願意全力協助。」

楊大宏苦惱的告訴我，他翻閱五本百科全書，以及三本人類小百科之後，發現「人類」這個主題，可以報告的內容太多了；他寫了滿滿五大張筆記，還是無法確定該選哪些。

張志明聽了，點頭同意：「因為人類最喜歡研究自己，所以資料特別多。像海底高麗菜就沒有人研究。」

「什麼是海底高麗菜？」

張志明解釋：「我在海洋館看過，工作人員把一顆高麗菜放進水裡，不到幾分鐘就被魚群吃光光。」

我也只好嘆口氣說：「你這顆高麗菜！」

最後，楊大宏終於將他收集到的龐大資訊，濃縮精華為兩頁，在課堂上報告他的研究大綱。

四年七班專題研究　研究人：楊大宏

研究主題：人類其實很奇特

研究目的：自從三萬年前，智人成為唯一存活在地球上的人類物種，人類便不斷以智慧改善生活；比如一萬兩千年前，就懂得馴化動物與植物，為人類使用。所以我想整理出人類與其他動物相較之中最大的特點，以便知道我們是如何成為地球上最厲害的物種。

研究方式：閱讀百科全書，請教科學館的館員、與自然科學老師討論。

研究發現：我鎖定的研究內容是「跟地球上其他動物相比，只有人類才有的實用特徵」，計有以下幾點：

一、自然界能長時間站著、直立行走的生物只有「人」。所以手可用來搬運東西或做事，增加效率。

二、人類發展出能有效溝通的語言，所以可以互相合作，也可以彼此防衛。最簡單的例子是，不論誰罵我或誇獎我，我都知道。這個能力，張志明也有。

張志明本來在挖鼻孔，一聽到自己的名字，連忙回應：「沒錯，雖然陳玟每次都用高深的成語諷刺我，不過我還是知道那是諷刺。」他還好意的提醒楊大宏：「講究衛生的人類還會擤

鼻涕。」

楊大宏搖頭：「這一點不是人類專屬，因為海豹與海獅也會擤鼻子。」

他又繼續報告。

三、人類有文字，所以有能力將各種知識記錄下來，讓後代子孫參考。比如現代人不會再笨笨的以為打雷就是神在生氣。

張志明又有感想了：「可是人類發明了太多種文字，這是在找外國人的麻煩。我如果到非洲去，看不懂餐廳裡的菜單，沒辦法點炸甜甜圈當甜點，我也會像打雷一般的生氣。」

江老師問：「你們認為全世界有各種語言文字比較好，還是全部統一種世界語，只使用一種文字比較好？」

楊大宏推推眼鏡，主張：「我希望世界只有一種文字，這樣每個國家的百科全書我都能閱讀。」

陳玟反對：「語言與文字應該百家爭鳴、百花齊放。」她想了想又補一句：「每個國家都有自己獨特的美麗文字，這樣世界才會千嬌百媚。」她還舉例說明，中文字是方塊形狀，感覺像陳玟自己，是為民除害的正人君子。至於泰國文字，有很多扭來扭去的線條，像是張志明在跳舞。

「為什麼要講到我？」張志明扭了扭屁股。

四、人類是地球上唯一有虛擬想像能力的動物。就算看故事書，知道書中情節是假的，讀者的感受，也會與真實生活中的感受一樣，或哭或笑；而且大腦會把這次的虛擬過程，當作真實經驗，存在腦海裡。

張志明的感想是：「人類好虛假！不過這是優點。」否則，

若要體會戰爭的痛苦，難道得真的參與戰爭？

除了上述四點，有些人類限定的特色，比如「會翻白眼、手指特別靈活、會臉紅」等，也都是有利於生存或社交活動的特點。

楊大宏說完人類的好話，也有感嘆：「可惜，人類有時也很自私。比如中世紀時，人類如果認為動物做錯事，還會對動物提告；動物可不會把人類告上法庭呢。」

至於有哪些動物被人類告上法庭呢？有象鼻蟲破壞葡萄園、麻雀在教堂太吵了、豬偷吃拜拜的供品，以上三種動物都被告過。

被告

全班都笑了：「這些告動物的人類真無聊。」

不過，江老師也補充一點人類限定：「人類是唯一不只是為了生存才工作的動物。有些人工作僅僅是為了滿足樂趣，跟生存無關。」

「覺得有樂趣才能生存得好啊。」張志明為江老師這句話延伸出另一番意義。江老師眼睛一亮，讚美他：「這句話說得有道理，張志明果然是聰明的人類。」

在教室後方旁聽的暴龍老師，忽然開口說：「人類雖然懂得如何控制大部分的其他動物，但是，自己卻被一隻動物馴服。這一點，也是人類的特色，竟然會因為愛，而成為動物的奴隸。」

經由他的說明，我們都驚訝的發現，原來看似嚴肅的暴龍老師居然是貓奴，而且他家養了兩隻貓呢。

陳玟問：「老師的貓咪叫什麼名字？我也好愛貓啊。」

暴龍老師臉紅了，回答：「一隻名叫冠軍，一隻叫做立正。」真有暴龍老師的風格。

他還說了一件關於貓與人不可思議的歷史事件：「古時候波斯人與埃及人打仗，波斯人知道埃及崇拜貓，視貓為神，於是在盾牌上刻上貓女神的圖像，還在軍隊前方擺上一堆貓。」

結果，埃及的士兵當然不敢攻擊貓，所以戰敗了。

看來，有些人類的心機好重啊。

聽完這些專屬於人類的特點，楊

大宏還好心的說要報告一些有關人類的其他統計資料。陳玟故意打一個呵欠，嘆著氣：「有些人類很囉唆。」

江老師則說：「想必楊大宏花了不少時間與心力準備，我想聽。」

於是，楊大宏又報告幾件人類的趣聞。

「當人類五歲時，共長出二十顆乳牙，不過三十二顆恆齒其實也已經在牙齦裡，等著換牙。所以也可以說五歲的人類，嘴裡有五十二顆牙齒。」

雖然這件事應該沒有什麼特別意義，不過許多同學還是忍不住摸摸自己的牙齒。

楊大宏又說：「我總是在早上量身高，因為早上比晚上高。」他還報告一件大家都覺得好笑的事：「不同國家的人，因為平常說不同語言，所以打噴嚏的聲音也會不太一樣。」

他取出事先寫好的圖表，展示出來：「英語的噴嚏聲像是『啊啾』，日語是『哈酷洶』，義大利語聽起來像『艾氣』，俄語則是『阿普啾』。」

張志明馬上示範一聲：

「哈啾。」

這份報告，讓身為人類的我們，對自己又多了幾分認識。最重要的是，我們還知道暴龍老師的弱點；陳玟卻說：

「愛貓是優點。」

張志明決定：「便服日時，我要常穿印有可愛貓咪圖案的衣服，暴龍老師就會覺得

我是惹人喜愛的小動物。」

陳玟舉手為這份研究加了一項資料：「人類是唯一會覺得自己很可愛、沾沾自喜、照鏡子不知臉紅的動物。這就是馬不知臉長、猴子不知屁股紅。」

楊大宏總算有機會貢獻他的小百科：「猴子的屁股不一定是紅色的，非洲猴因為皮膚的黑色素比較多，所以屁股是藍色的。」

陳玟只好翻了翻白眼；這個動作也是人類限定，因為人類才有眼白。

學期末的研究專題，楊大宏交給老師的完整報告倒很精簡。

研究主題：人類其實很奇特

研究結果：

一、人類真的很複雜，難怪就連人類也想研究自己。

二、人類跟其他動物還有個最重要的不同處，就是成長期很長，准許很久的幼稚期。不像有些動物，一生下來就必須練習站起來，還得立刻獨立求生存。我們可以被家人養育將近二十年，人類很幸福。

三、雖然地球上目前由人類稱霸，但是人類應該尊重所有生命，不要以為其他動物比人類低等。所以我認為不該有動物園，把動物關在籠子裡，好可憐。

最後這一點，引發全班的論戰。有人同意楊大宏，有人卻說：「這樣我要到哪裡看可愛的無尾熊呢？」

我也舉手表達我的意見：「如果瀕臨絕種，或需要人類特別照顧的動物，還是可以好好養育在動物園；但是必須將環境整理得很好，讓動物過著幸福的生活。」

張志明連忙說：「就算天天給我美食，我也不想被關在動物園啊。」

陳玟對張志明說：「你是瀕臨絕種的可愛動物，需要保護。」

張志明轉頭問楊大宏：「人類是唯一會諷刺同類的動物，沒錯吧？」

江老師笑了：「我認為陳玟說的是真心話，沒騙你。」她還預告：「下個月，我準備分享我的研究專題，主題就跟騙術有關喔。」

楊大宏補充

以下是我訪問親朋好友，關於「人類的奇特之處」得到的答案。

我爸爸說：人類是唯一需要付房屋貸款的可憐生物。

我媽媽說：人類是唯一會為了「明明知道是假的故事」，卻仍然哭得很慘的動物。

張君偉說：人類會為了觀察昆蟲，不管肚子餓得咕嚕嚕叫，也不想吃飯。

陳玟說：人類會為了電視上的帥氣男主角，在節目裡戰鬥而死，而感到心如刀割。

張志明說：人類是唯一會為了半夜裡蚊子嗡嗡叫，而氣得乾脆不睡了，起來打電動玩具的動物。

人類愛我寵我，但是關我什麼事？走開！

一般正常情況下，騙人是不對的，不過凡事當然有例外。

「什麼時候，可以名正言順的騙對方？」老師問全班。

白忠雄的答案是：

「如果有客人到我家買東西，說自己太胖，不該再買麵包狂吃時，可以騙她：你不胖啊，只有一點點豐滿，不仔細看根本看不出來。」

陳玟搖頭說：「為了賣麵包而欺騙顧客，不應該。」她認為自己的答案比較好：「詐騙集團問你的提款卡密碼，要騙他。」

楊大宏則說：「我媽媽常常要我喝味道很可怕的中藥，我只好騙她肚子痛，不能吃。」

我的答案大家都同意：「童話故事可以騙讀者，讓公主與王子從此過著快樂幸福的生活。」唯一不同意的是陳玟，她說：「你又不是王子，怎麼知道他快不快樂，有沒有騙人？」

江老師接話：「正好我想分享的研究主題，就是虛構的文學作品，如何騙倒讀者，引發有趣的結果。」

我覺得，文學作品本來就是虛構，是作家編造的虛假情節；如果讀者信以為真，被騙倒，是讀者自己太笨了吧。

江老師卻說：「那要看是什麼情況。若是作者懷抱著惡意，或是想得不夠周到，把捏造的事件，寫得太真實、太煽動人心，因而激發某些讀者做出不好的事，就不應該。」

老師舉的例子很可怕，她說，曾有作家把「為愛情自殺」這件事，描寫得很淒涼，卻又很美，是偉大的情操。「如果因此而造成心智不夠成熟的人，大受感動，覺得為愛情犧牲性命真的十分偉大，那就太糟糕了。」江老師說應該避免這種欺騙，就算是文學作品上的虛構情節。

楊大宏推推眼鏡，說出意見：「或是大家應該像我一樣，勤讀百科全書，明白人性有弱點，而且就算讀了這樣的書，也不會被騙。」

張志明也舉實例：「比如我，就是知道書裡寫的許多事都是假的，像是森林裡不會有巫婆的糖果屋，所以還是可以去森林吸芬多精。」

江老師搖頭說：「張志明這種狀況，名叫『誤讀』。作家

寫的本意，並不是要讀者讀到這個意義，你讀錯、誤會了。」但是老師也補充：「有些時候的誤讀，反而讀出另一番有意思的見解，也不錯。」

我覺得老師的解釋讓我愈聽愈迷糊，到底誤讀是好還是壞？

「不一定。」江老師回答後，嘆口氣說：「這個問題不太容易解答，等將來大家讀更多書，想更多，就會有自己的答案。」

張志明也嘆口氣說：「不如學我，不要讀太多，也不要想太多，像小豬一樣頭腦簡單比較好過。」

楊大宏馬上更正：「豬的頭腦並不簡單，一點都不

笨，而且牠們其實很愛乾淨。」成為豬的代言人還不夠，楊大宏又替鴿子和章魚打抱不平：「牠們的智商也不低。」

「話題被拉得太遠了！請看我的專題研究大綱。」江老師在教室前的白板上，展示她的研究主題。

四年七班專題研究　研究人：江美美老師

研究主題：有趣的騙局

研究目的：人類老愛說自己是萬物之靈，所以一定不甘心被騙。可是常常受騙上當又是事實，歷史上也有不可勝數的集體上當教訓，更有把人騙得傾家蕩產的可惡事例。本次研究不探討這些悲劇，而是想探討關於欺騙的喜劇效果。

本研究會針對文字書寫的欺騙為主，試著想想寫作的人與讀書的人，在騙與被騙之間，究竟發生什麼有趣的心理反應？

研究方式：以三件歷史上真實的文字騙局為探討對象。

一、「火星人入侵」，根據小說改編的廣播劇。

二、《美食辭典》，這是法國作家寫的食譜兼談論美食的散文集。

三、《福爾摩沙的歷史與地理描述》，這是一本法國人介紹臺灣的書。

聽起來，這三個例子很正常啊，書中會有什麼騙局？

江老師一一為大家詳細解說。

「火星人入侵」廣播劇，是根據一本科幻小說改編的。小說作者是英國的威爾斯，一八九八年他出版了《世界大戰》。美國的廣播電臺將這本小說中的一段情節，改編為廣播劇，在一九三八年的萬聖節前夕播出。

電臺一開始播的時候，假裝有位現場記者與一位教授，正前往一座小鎮，因為小鎮農場裡有個巨大的燃燒物體從天而降。

記者以充滿驚慌的口語描述著：「各位先生女士，我們已抵達現場。看到這個怪東西的頂端開始轉動！等等，好像有東西爬出來……」

老師說到這裡，我們也感受到緊張的氣氛，都張大眼睛等著聽下去。

電臺記者繼續說：「我的天啊，像蛇一般的怪物，不斷扭動；哎呀，好多條，是觸手吧。身體好巨大，全身閃閃發光。那張臉，我不敢看！」

電臺裡最後傳出的是勉強冷靜的播報聲：「各位聽眾，根據科學觀測，地球被火星人入侵了。」

接著記者還宣布目前美國總統已經下令，全國進入緊急狀態。

楊大宏冷靜的說：「這種騙局，聽起來很虛假啊！」

但是張志明卻表示：「我嚇得全身都起雞皮疙瘩了。」

由於電臺的播報員講得太生動，所以雖然一段音樂過後，電臺揭曉：「聽眾朋友們，剛才為您播出的是，根據威爾斯先生的小說改編的廣播劇。」

但是，剛剛聽到那段驚悚寫實的廣播劇情，已經造成上百萬人以為是真的，世界要毀滅了。有的人擠進教堂祈求上帝保佑，有的人準備開車逃難。許多人家擁抱在一起，哭成一團，認為在生命最後關頭，要在一起度過世界末日。

在全班驚呼中，陳玟大喊：「當時的人類太容易上當了。」

江老師搖搖頭說：「可別以為當年被騙的是愚民，當時收聽節目的有許多大學生呢。」

造成全國大亂後，電臺工作人員於是被警察逮捕。可是，要定他們什麼罪呢？問了半天，也無法定罪，只好將他們放了。

「所以，是誰的錯？電臺在節目最後明明有說清楚這是虛構。」江老師要大家想一想。

第二個例子比較輕鬆，是法國知名作家大仲馬的故事。他寫過《三劍客》、《基度山恩仇記》，但是讀者可能不知道他在

一八七三年還出版了《大仲馬的美食辭典》。不過這本美食辭典是在他死後出版的，有一千多頁呢。

其實他出版這本書，是因為當時法國出版了一本十分暢銷的美食書，所以他帶著好玩的心情，模仿這本書，為它寫續集。在《大仲馬的美食辭典》裡，真的有附上一些食譜，只是可想而知，有些食譜是他杜撰的，例如有道菜需要使用一公斤的高級松露，松露極其昂貴，怎麼可能這樣大量使用呢？

書裡還有他對享用美食的心情散文，比如有篇寫著，吃晚餐時，最好一面進行多樣的、冷靜的對談。此外，更妙的是包含不少與食物有關的八卦，而且根本是大仲馬胡說八道編造的。

像是，他正經八百的寫著：「鱈魚是一種十分貪吃的魚類，所以也很多產，牠的肚子裡，最多有九百萬顆魚卵。」還煞有介事的說，如果每顆鱈魚的魚卵都孵化成魚，不出三年，整個大西洋都可被牠們填滿。到時候人類可以踩著鱈魚橫渡海洋，連鞋子都不會被沾溼。

陳玟大叫：「太誇張啦！」

書裡還有一段是：「古人吃飯時，如果不想要酒氣沖天，會戴上用芹菜編織成的帽子，以沖淡酒味。」

大家都笑了，白忠雄說：「香菜的效果應該比較好，我家有賣。」

這本有點胡謅的美食書，會不會破壞一般讀者對大仲馬原本的崇拜之心呢？

我舉手說出感想：「說不定會讓讀者覺得大仲馬有點調皮，增加可愛度。他不是只會寫打打殺殺的書，比如三劍客。」

至於第三本書，我們都同意真是極端好笑的騙局，居然還跟臺灣有關呢。

這本名為《福爾摩沙的歷史與地理描述》，是一七〇四年在英國出版的，作者聲稱他來自當時被世人稱為福爾摩沙的臺灣，所以在這本書裡，有臺灣的民情風俗與歷史地理介紹。

「可是，他根本是騙人的。」江老師說著說著笑起來。「不可思議的是，當時英國社會不但信以為真，上流社會及貴族還視他為貴賓，邀請他演講、參加宴會，以便聽他說精采萬分的故事。」

作者喬治．撒瑪納札是金髮碧眼的法國人，從未去過臺灣，整本書都是捏造的。在他筆下，臺灣的男人娶妻時若超過自己的贍養能力，就得斬頭，還說臺式早餐包含蛇血。

此外，他還演講授課，教英國人講「臺語」，當然是他編造的；連「臺幣」長怎樣都畫在這本「偽臺灣書」中。

這位作者的詐騙之術實在太大膽了！

可是，當時為何沒有被拆穿呢？

楊大宏認為是：「因為當時世界的交通還不發達，不可能有真正的臺灣人到英國去揭開這個騙子的真面目。」

陳玟也有看法：「說不定那些英國人也懷疑真實性，只是覺得好玩，當作茶餘飯後的消遣。」

也許，受騙有時是自願的。

江老師說的這三本書，果然都是有趣的騙局。旁聽的暴龍老師也發表他的閱讀經驗：「我讀過一本研究心理的書，結論是：愈覺得自己高智商的人，有時反而最易受騙。」

張志明馬上拍拍胸口說：「我還是保持愚笨比較安全。」

「保持警覺，不是保持愚笨。你這顆高麗菜！」陳玟不滿的警告張志明。張志明趕快移轉話題：「花木蘭也是詐騙高手，不過她是不得已的。」

江老師笑了：「張志明是本班的笑話高手，我沒騙人。」

暴龍老師也得到靈感，說自己的研究主題，跟江老師的研究有點關係，將會探討謊言如何在群眾間流行。

最後，江老師也在學期末時，與大家分享她的研究結論。

研究主題：有趣的騙局

研究結果：

一、通常人應該要誠實，但也有例外。許多人生狀況必須彈性處理，視需要決定該誠實，還是說善意的謊。比如每當張志明告訴我，由於教妹妹寫功課，所以他自己的功課只寫一半時，我會選擇相信他，因為他一定有善意的理由。

張志明低下頭，小聲說：「為何要舉我當例子？」

二、讓我們覺得有趣的騙局，是因為不會製造真正禍端。我的研究主題舉的書中，只有第一例有害，但後人反而因此可以深思，為什麼會輕易相信一齣廣播劇？至於其他兩本書，帶來了一些娛樂效果。人類有多元需求，不必永遠都那麼嚴肅正經。

張志明十分贊同，點頭說：「像我喜歡騙我妹妹，說她是世界上最不胖的可愛小女孩，這就是娛樂效果。」

「其實張志明很疼妹妹，我知道。」聽到江老師這句描述，張志明又低聲說：「為何要舉我當例子？」但是很明顯，他滿臉高興的樣子，還轉頭小聲對我說：「下課幫我畫三隻恐龍，脖子要加蝴蝶結，我妹妹要貼在冰箱上。」

暴龍老師的補充

要訓練自己不輕易上當，有幾個方式。

一、不要貪心。

二、常看電視新聞，知道最新的詐騙手法。

三、專心聽我上課。

四、隨時找機會練習判斷能力，做出正確選擇。

以下是練習題：

有位名片上印著「某醫院醫師」的人，告訴你「我有種新型的療法，只要觸摸，便能治好你的病。」而且他還拿出一本醫學期刊，印著他寫的這篇論文。你的家裡正好有人生病，你願意找他治療嗎？

8 暴龍老師的專題報告

自從江老師指定全班進行專題研究，我們便聽到許多富有知識趣味的事。不過，同學最期待的，應該是暴龍老師的報告。

暴龍老師一直只教高年級，外表看起來很有威嚴，卻是養寵物的愛護動物人士。陳玟形容這叫做人不可貌相，李靜猜可能暴龍老師小時候有被動物愛過。楊

大宏則說，再怎麼凶狠的老師，也有溫柔的一面；張志明卻表示：「應該叫做暴龍外表、綿羊心。」

今天第二節就是暴龍老師的分享時間。江老師事先預告，這一堂課，還有幾位老師想來旁聽有趣的知識。張志明興奮的說：「我們班變成著名的觀光景點了！」

果然，上課鐘響，除了小花阿姨，連音樂老師、自然科學老師都微笑著走進來。體育老師還對張志明說：「能看到你乖乖坐著，很難得，我當然要來參觀。」張志明也嘻皮笑臉的回答：「不要諷刺我啦。」

暴龍老師一上臺，先感謝江美美老師策畫這個有意義的活動，讓大家增廣見聞。他的感謝辭還包括：「葉佩蓉到我的班級主講『找死的笨蛋』，造成轟動。現在我的班級學生還常常討論呢。」

江老師打開電腦，展示暴龍老師準備好的檔案，題目是「流言妙傳說」。暴龍老師先下定義：「『流言』，意思是廣為流傳的說法；『傳說』，則帶有一點神祕味道。所以我這份研究，會以多數人都知道的傳說、卻未必深度討論它的真假為主。」

張志明第一個舉手發問：「會講到鬼故事嗎？大家都說校園裡的那尊偉人銅像，不管你站在哪個角度，他的眼睛都會跟著轉動，一直直視著你。」

陳玟點頭，高聲呼應：「我爸爸有說過，但是他的版本是銅像會眨眼睛。」

自然科學老師也加上補充：「我讀大學時，校園傳說是一到半夜，學校的

偉人銅像騎的馬會換腳站立。」

暴龍老師笑了：「關於偉人雕像或照片上的眼睛會移動，我讀小學時也聽過，這真是歷史悠久的校園傳說。」不過他覺得這種純粹以心理因素來嚇小孩的說法，對心靈有害無益，所以他的「流言妙傳說」並沒有討論這類鬼故事，請放心。

張志明有點失望，但也聳聳肩說：「證明老師有愛心，不想嚇小孩。」

暴龍老師的研究大綱是這樣：

專題研究　研究人：包啟倫老師

研究主題：流言妙傳說

研究目的：探討一些眾所皆知的傳說，到底是真是假，以及背後形成的因素。

研究方式：針對幾個在臺灣或全世界家喻戶曉的傳言，加以深入思考。

一、講究科學精神的科技業，為何要拜拜？

二、許多流傳已久的勵志良言，其實是捏造的。到底為何要捏造這些名言呢？

三、生活中有關的著名流言有哪些？為何會產生這些說法。

首先，暴龍老師舉的例子大家都有共鳴，因為連電視新聞都報導過。

「臺灣科技業在中元節時，一定會準備一種零食來拜拜，那就是——『乖乖』；有些人還會把乖乖放在自己工作的機器前。」暴龍老師說。

「我知道！我知道！」天天看電視的張志明舉手幫忙補充：

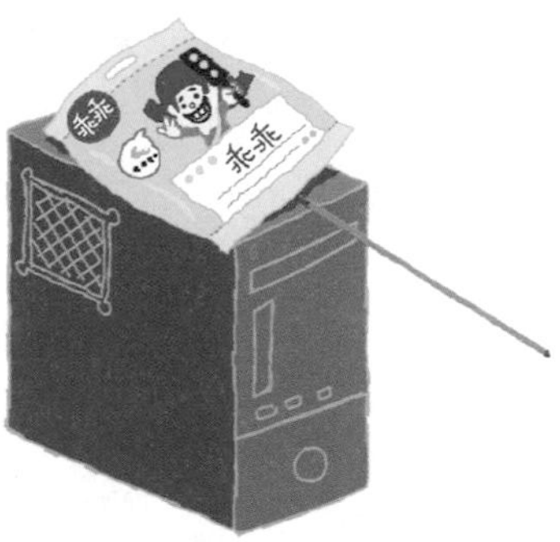

「而且必須是特定的口味與特定的顏色。」

不只如此，暴龍老師還說，這則傳說也有附加規則：一是不能吃掉機器上的「乖乖」，二是不能放到過期。

我懂了，就是先放著，等它快過期時，換包新的，吃掉舊的。所以我舉手說出看法：「這則流言，一開始可能是喜愛吃這包零食的人，故意找個有趣的理由。」

楊大宏也說：「主要是因為名字吧，意思是希望機器乖乖的，別出錯。電腦如果常常當機，工程師會崩潰。」

暴龍老師也補充：有一年，臺灣最大的科技公司，特別向這家零食製造廠，下訂五千包，而且還印上獨家的保佑字句。

陳玟的結論是：「根本就是這家零食廠商的詭計，先製造這個傳說，用來賺大錢。」

暴龍老師問大家：「就算是零食業者製造的流言，可是科技業者可以選擇相信或不相信，對吧？」

全班開始低聲討論，張志明對我說：「我選擇相信，因為最後的結果很好，可以吃，而且它滿好吃的；如果是以青椒或苦瓜為祭品就免了。」

青椒和苦瓜真可憐。

暴龍老師繼續舉第二個相關的例子：「臺灣的醫藥界，也有一些默契，工作期間不能吃某些食物；所以也不要送這些東西給值班的醫師、藥劑師與護士。」

流傳在醫藥圈的禁忌食物有：鳳梨——因為它的臺語發音是「旺來」，救人雖是善舉，但是應該不會有人希望醫藥界生意興旺吧，感覺像是在詛咒人常常生病；還有，他們也不吃「芒果」，不想「忙」；不吃仙貝，以免才剛要休息，就被叫去

工作，必須「掀被」起床。

葉佩蓉聽完，報告她的結論：「我發現許多禁忌跟發音有關。」

「沒錯。」暴龍老師同意。「所以可想而知，在國外，這些禁忌就失去效用了。最普遍的例子是，我們不喜歡四，因為跟『死』發音接近，但是外國人沒有這個禁忌，不過他們討厭十三這個數字。」

看來不管在哪個國家，都有自己的罩門和獨特的忌諱。張志明上了寶貴的一課後，他告訴我：「如果我將來交外國女朋友，不能送她十三朵玫瑰花。」

暴龍老師研究的對象第二點，是「捏造的勵志良言」。他說有個例子到現在還存在於網路上，流言的對象是「美國哈佛大學圖書館」。

哈佛大學是世界知名的學府，它的圖書館是世界上最大的「大學圖書館」。有關它的妙傳說有兩點，都很離奇。

其一是據說圖書館牆上有雕刻一些勵志名言，如果你上網路搜尋，應該都找得到，十多年前，甚至有人還將這些名言編輯成書，大大的熱賣呢。

暴龍老師說出幾句傳說中的名言：「要享受無法迴避的痛苦。」「此時打瞌睡，你會做夢，此刻學習，你是在圓夢。」「像狗一樣的學習，像紳士一樣的玩。」

張志明立刻有疑惑：「像紳士一樣的玩，意思是穿著西裝玩嗎？」

全班哈哈大笑，紛紛加入自己的詮釋：「還要打領帶。」「要梳西裝頭。」「要戴高帽子。」「不可以奔跑。」「要說請、謝謝、對不起。」張志明又補充：「就算跌倒，也要摸摸鬍子，

露出紳士的帥氣笑容。」

體育老師的意見是：「下次體育課，我們可以像狗一樣的玩。」

總之，這個流言是假的，因為哈佛大學的圖書館，沒有任何一面牆上有刻上訓示，也沒有掛上任何勵志名言。

至於第二個關於哈佛大學的誤會，就是有張照片解說著凌晨四點鐘，哈佛大學圖書館仍然燈火通明，裡頭大學生坐得滿滿的，正在挑燈苦讀。

暴龍老師說：「這張廣為流傳的照片也是假的。哈佛大學只有一座圖書館全日開放，其餘各館都與正常圖書館的開放時間相同。而且就算考試期間，也不曾在凌晨四點，還見到圖書館坐滿了學生。」

「難道是鬼學生？」張志明硬要加上鬼故事氣氛。

暴龍老師請大家思考：「為何有人要捏造這個事實？而且這件事明明很容易被拆穿。以及，為何有那麼多人上當？捏造的書竟然還暢銷。」意思是，難道連出版社也被作者騙了？或是，出版社明明知道，但決定先賺一筆再說。

「大人的世界真的很複雜。」李靜嘆了一口氣。

音樂老師也有經驗談：「許多流傳的偉人名言，也是捏造的。可是多數人還是相信，而且不斷傳了又傳。」她舉出一件在音樂界有名的實例：「有位得過奧斯卡獎的法國作曲家，曾說：我死前，腦中縈繞的最後一段樂曲，將會是華爾滋。」

結果多家發行量很廣的報社，真的在他去世的訃告中，引用這句「名人名言」。只是，作曲家根本未曾說過這句話，是他的過世消息發布時，有個年輕人在網路的百科上，捏造發布的。報社沒有查證，居然就上網搜尋，然後引用並刊登。

江老師提醒我們：「網路許多所謂的知識，是虛假的，一定要經過再三證實。」

最後一點，關於生活中的妙傳說，暴龍老師說例子真是一籮筐，他舉三點來討論。

第一例，傳說有些果農為了讓種植的西瓜增加甜度，會幫它們「打糖針」。

「假的！請別相信。」暴龍老師還告訴大家，臺灣農業技術優良，西瓜本來就很甜，硬要幫它打入糖水，反而會腐爛。所以這則流言千萬別信以為真。

第二例，多喝大骨湯，可以補鈣。

暴龍老師直接給答案：「錯！因為大骨只有極少量的鈣質會溶入湯中，真正要補鈣，牛奶的效用較佳。」

白忠雄不忘為自家宣傳：「我家有賣高鈣牛奶。」

第三例是近年來很流行的說法：「上完廁所，要把馬桶蓋放下，否則沖水時，細菌會懸浮在整個浴室中，可能連牙刷上都沾滿細菌，不衛生。」

對對對！我媽媽就是這樣警告我和爸爸。

暴龍老師又給答案：「這也是不可靠的流言。」但是這個例子比較特別，因為這真的是一位美國博士正式發表的文章。問題是，許多專家覺得這個說法過於誇張，於是也進行實驗，提出不同看法。最後共同的結論是：一般家庭若使用虹吸式馬桶，不會有沖水時，細菌也被沖上天、飄在空中的疑慮，而牙刷上，也不會因此沾上隨著排泄物噴出的有害病菌。所以馬桶沖水的這個傳說是不可靠的。

陳玟搖頭：「就算是博士寫的文章，也要詳加確認，不可輕易相信。」

暴龍老師建議：「最好的衛生習慣，還是勤洗手。」

聽完這些「流言妙傳說」，同學都覺得大開眼界。下課時，來旁聽的老師話題也還圍繞著生活中的各種傳說。

小花阿姨告訴我們，她認為最荒謬的生活流言，是據說電腦前放盆仙人掌能防輻射。事實上，科學家表示，目前為止沒有任何植物能有效防止輻射，而且電腦發射的是極低頻非游離輻射，不必擔憂。

張志明突發奇想：「說不定海底高麗菜可以防止輻射。」

陳玟和我一起大喊：「你這顆高麗菜！」

小花阿姨問這顆搞笑的高麗菜：「張志明，你明天要來借書嗎？我下次要與你們分享的專題研究，是意想不到的怪書，明天我可以先讓你看其中一本。」

我對怪書也很有興趣，小花阿姨歡迎我們一起去搶先看。

結果第二天，小花阿姨帶來的書真的很怪，因為竟然是一本長得像漢堡的書。張志明說：「我懂，這本書一定是在奉勸世人要努力吃漢堡，因為裡面有夾高麗菜。」

漢堡裡哪有夾高麗菜？

「我媽有夾過。」張志明說。「還不錯，脆脆的。我媽媽也有加番茄醬，酸酸甜甜真好吃。」

小花阿姨拍拍張志明的頭：「我們真有默契，我的報告裡，就有一本番茄醬怪書哩。」

張志明硬要補充

傳說四年七班最調皮搗蛋的學生是張志明，假的，請別相信！

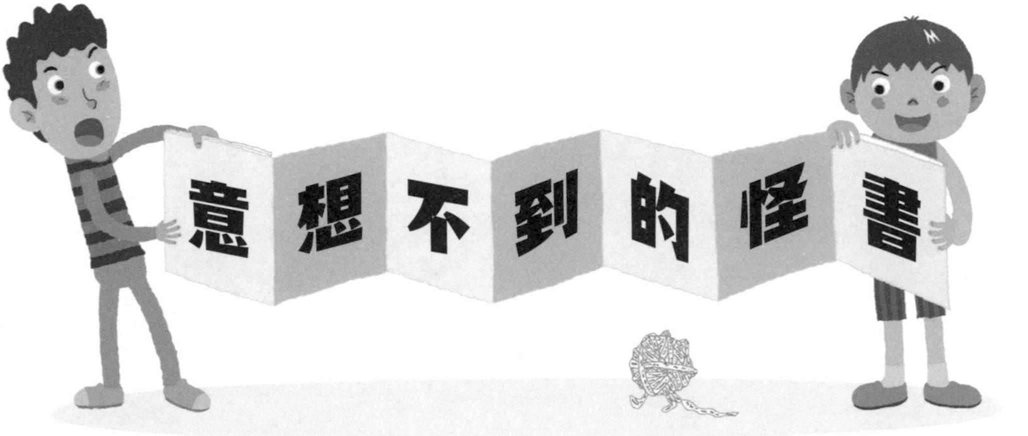

張志明的專題研究是「沒有意義的書」，圖書館小花阿姨的主題是「意想不到的怪書」，他們果然是知心好友，研究的題目都是書。

小花阿姨報告的那一節課，有不少圖書館的故事媽媽來旁聽，大家都覺得「意想不到的怪書」太吸引人了，會是什麼呢？尤其小花阿姨還預告會有一本番茄

醬怪書。

當上課鐘響，大家看到小花阿姨擺在桌上的書時，無不發出驚訝的低呼：「這本可以吃嗎？」有漢堡造型、披薩造型，還有起司造型，這幾本書，都是在講食物吧？

「沒錯，漢堡書的故事內容，是有一個小男孩，媽媽每天為他準備的漢堡都神祕的消失。是哪位怪客偷吃了呢？」小花阿姨翻開這本書，為大家簡單介紹。書中還有立體頁，都是根據漢堡內夾的食物來設計，其中畫著荷包蛋的那一頁，蛋黃部分還可以翻開。

「哇！蛋黃裡有許多小蟲。」蛋黃內印著可疑的小昆蟲。看來這個故事的目的，是想讓人失去胃口吧。

小花阿姨解釋：「雖然我帶來展示的書，設計的外形長得像食物，但畢竟是紙製的故事書。我的專題研究，並不是介紹這一類，而是另一些讓人意想不到的奇特怪書。」

小花阿姨的研究檔案中，將本次主題「意想不到的怪書」分為兩大類：第一類是「創作的概念讓人意想不到，很有原創精神」，第二類是「使用意想不到的材料來製作的藝術家手工書」。她還說明，這兩類書，有些真的有出版，而且不只一本；有些則因為材料特殊，或技術太難，只有一本；尤其是藝術家親手製作的書，屬於藝術品，獨一無二，不少人搶著收藏。

張志明馬上有點子：「我也會！我可以親手做一本書，名叫天書。就是將一堆白紙裝訂在一起，沒有文字與圖案，因為是無字『天書』。」

陳玟略帶不屑的發表她的藝術評論：「沒創意。」

江老師則補充：「真的有一位藝術家，創作了『天書』。我記得曾在臺北的市立美術館看過這本書，是一位名為徐冰的藝術家，模仿古時候的倉頡，創造自己才懂的文字。也就是整本書的內容都是這些自創文字，別人看不懂，所以是天書。」

正巧小花阿姨的圖檔中也有這本奇妙的書，她展示出來時，我們都努力的伸長脖子、張大眼睛，可惜一個字也看不懂。

李靜問：「為何他要寫別人看不懂的書？」

陳玟的答案是：「因為他想學倉頡造字，證明自己很偉大。」

江老師卻說：「我倒覺得藝術家的作品，不一定是為了讓人看得懂。」

張志明補上一句：「我覺得老師說的這一句話，是為了讓我聽不懂。」

江老師笑著向小花阿姨道歉：「我不該打斷您的報告，請繼續說。」

小花阿姨加入補充：「世界上有不少讓人看不懂的書……」

話還沒說完，張志明又搶話：「比如數學課本。」

「張志明好幽默。」小花阿姨笑了，接著報告：「比如有幾本長得像某種百科全書的怪書，有奇怪的圖案，也附有像是解說的文字。但世界上根本不存在書裡的文字與圖案，完全是作者發揮想像力設計出來的。」她說有一本義大利作者寫的「保證沒人看懂」的百科書，現在還有銷售呢。

這類故意讓人看不懂的書，創作的目的是什麼？

葉佩蓉說：「是外星人寫的，難怪地球人看不懂。」

楊大宏推推眼鏡，嚴肅的說：「是為了讓我們思索它的目的，考驗我們的大腦，以免人類愈來愈笨。」

小花阿姨說我們的想法都不錯，接著她開始報告研究大綱。

專題研究　研究人：小花阿姨

研究主題：意想不到的怪書

研究目的：收集有趣的怪書，讓更多人大開眼界；也藉著討論這些書的創作，開拓大家的想像力與創造力。

研究方式：

以兩類怪書為探討對象，並各舉數本書當實例。這些書在各個

官方的網站中，都有實際照片可供參考。

第一類的書是：意想不到的創作概念。

第二類的書是：意想不到的材料或做法。

在第一類書中，小花阿姨準備了幾張圖片，一一展示給全班看。

「請看第一本，打開的書內，每一頁都被割得亂七八糟。」

太妙了，這是對書惡作劇嗎？張志明也在三秒內馬上有妙答：「這一定是數學課本，創作目的是要抗議內容太難，害得我身心都受累。」

小花阿姨搖頭，提出正確解釋：「這本書是一位作家，因為太崇拜另一本書，所以想向它表示敬意。做法是把崇拜的書，每一頁都小心的割掉一些字，但是留下來的字，組合起來仍然有意義，變身為另一本可以閱讀的新書。」

舉例來說，如果原文是「每當夜晚，媽媽總要我先喝牛奶，睡覺時也在長大，一定要服從她，天天皆如此，而且不能投降。」如果刪掉一些字，可以變成「當牛睡時，從天而降。」兩句話的意思截然不同，卻都能讀得通。

我們都覺得這本書太奇妙了。不過，我舉手表達一個實際的意見：「印這本書時，一定很困難，要計算好每張紙切割的位置。」

「沒錯，所以一開始時，許多出版社都拒絕出版這本書，後來總算有人願意滿足此位作家的心願。」

出乎大家意料的，小花阿姨說完，露出神祕笑容，從她的背包裡取出一本厚厚的書，遞給江老師。原來就是這本被割得亂七八糟的怪書。

江老師小心打開，大呼：「哇，真的每頁都被切割很仔細。難怪這本書雖然厚，捧在手上卻很輕。」

小花阿姨請大家先克制好奇心，下課再讓我們親眼目睹這本書。她繼續換到下一張圖：「至於這一本書我倒沒有，但是應該可以模仿製作。請看它的做法。」

「是番茄醬的醬料包！」大家都叫出聲來。

這位作家把許多包紅色番茄醬料，裝訂起來變成一本書。不僅如此，小花阿姨說作家最知名的是另一本作品，由許多片黃色起司裝訂而成，書名就叫做《二十片起司》，其中一本還被美國某家圖書館收藏。

「我們可以用豆腐或海苔片來做書。」白忠雄被激發靈感了，最主要的原因是：「我家都有賣。」

這位怪作家還有一本書，是將許多張一美元的鈔票，裝訂成書。

在大家驚呼連連中，小花阿姨又換了一張圖：「這本書我很喜歡。」

可是，眼前這本書，看起來並不奇怪，跟普通書長得一樣啊。小花阿姨揭曉了：「這本書讀完，必須將它種在土地裡，因為書頁是用「種子紙」製作，種完書後，它會長出新的樹來。」

原來它的設計概念是為了保護生態環境，每砍下一棵樹來造紙做書，就再種下一棵樹苗。

再來這一本，逗得我們都笑了，因為那是來自阿根廷的

「文字會消失」怪書。如果買這本書之後，一直不讀，一段時間後，書內的文字便消失。

楊大宏點頭，同意這本書的設計理念：「是要提醒我們不能把書買來，就放在書架上蒙上灰塵，當成擺飾。」

而《濾水紙書》則完全是為了公益角度來發明。這本書裡寫的都是教人如何注意公共衛生，減低傳染病。每張紙更有濾水功能，只要將紙撕下，放在特製的書盒裡，便能過濾掉水中原有的多數病菌。這對一些公共衛生環境比較差的地區來說，真是太實用了。

當我們低聲熱烈討論著這些妙書時，小花阿姨又說：「可別以為只有這些。第二類的怪書，全是藝術家以各種材料做出來的，也創意十足。」

有一本書長得像毛線球，作家先把比較軟的紙割成細細的長條，再黏貼起來，然後在紙條上寫文字。最後繞成一團球狀，收進盒子裡。想讀這本書，就得像打毛衣一般，把紙一條條的拉長來看。

再有一本「香料書」，書頁全是一片片的胡椒、辣椒壓扁而成。喝湯時，可以撕下書中一頁，丟進湯裡，添加滋味。
也有藝術家把罐頭壓扁，裝訂起來。或是乾脆將書放進罐頭裡，密封住，讀者閱讀之前，必須用開罐器打開。

「茶包書」是在使用過的茶包上寫字與畫圖，再裝進包裝盒內。「蛋書」是小心的在打開的蛋殼內，加上文字，再將所有的蛋排進長條形盒子裡。「銅板書」則有一點難度，必須將一面面硬幣鑽孔，再裝訂起來。

至於用來做封面的奇妙材料，就更千奇百怪了。不論是貝殼、切成兩半的玻璃瓶、藥瓶、舊衣服，甚至還有人將穿過的舊布鞋，當作「旅行之書」的封面。

「有道理。」陳玟點頭，「這就叫做行萬里路，讀萬卷書。」

最後一本獲得全班熱烈歡迎，因為是由一片片薑餅做成的繪本，讀完之後，可以吃掉。

這些意想不到的書，果真打開我們的視野，我從來沒想過，書有這麼多的可能，我太小看書了。

由於小花阿姨的介紹太精采，江老師於是決定，學期末時，我們也分組創作一本「意想不到的書」。張志明馬上拉著我與楊大宏說：「科學展覽我們同組，這次也要一起做出嚇死人的怪書。」

在發表研究專題的最終結論時，小花阿姨說：「我的這個

主題，本意是想告訴學生，不要以為書很平凡；只要加入想像力，有可能變成讓人意想不到的大創意。」

而且，她也邀請大家，回家後可以與家人分享這些怪書，並聊聊創作的可能意義。張志明還幫忙呼籲：「就算沒有意義，不眠不休的想了以後，有可能想出很妙的意義。」

陳玟為張志明忽然引用成語感到高興，得意的說：「經過我不眠不休的影響，張志明終於進化了。再不眠不休的努力下去，說不定他也可以變成作家，寫一本書來讓人意想不到、嚇出一身汗！」

江老師的補充

全班分組設計自己的「藝術手工書」，最後的成果讓我很驚喜。以下是幾件讓我印象深刻的作品。

一、楊大宏、張君偉、張志明聯手製作的「隱形書」。他們在講臺展示這本書時，手上什麼也沒有，是名副其實的「隱形」之書。張志明還解說：「最聰明人才看得見喔。」

二、陳玟與葉佩蓉合作的書是「扭蛋書」。不過並非一般人以為的，將書放在扭蛋的圓盒內，而是把煮好的茶葉蛋，先切成幾片，再重新擺成蛋時，每一片先扭轉一下，最後整顆蛋有點歪斜。製作這本書有點難度呢。

據陳玟報告：「創作這本書的目的，是為了警告世人，如果心術不正、不走正道，就無法成為堂堂正正的人，會長歪。」

三、白忠雄與李靜合作的「袋一本書」。是把一個個臺灣常見的紅白塑膠袋，訂起來變成一本書。創作概念是「要隨手做資源回收」。

10 王淑芬的專題報告

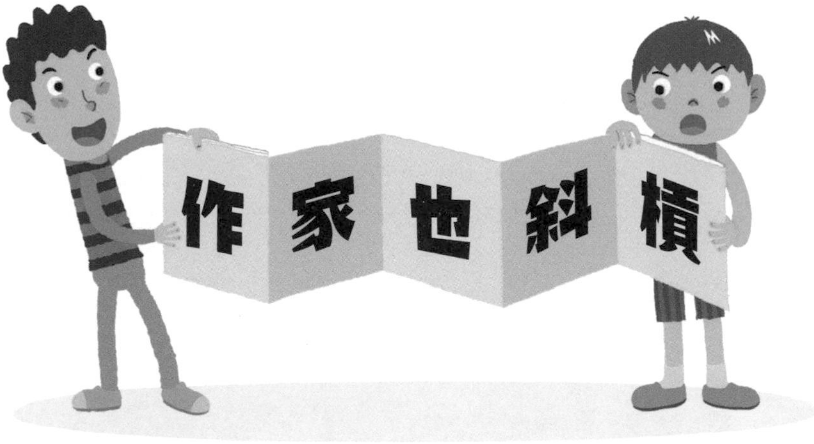
作家也斜槓

被君偉班上同學的熱情感染，身為作家的我，也想進行一個妙專題研究。可是，要研究什麼呢？雖然我最愛的動物是貓咪，可是這個主題太多人寫過了，甚至還有一本書叫做《每個偉大的女人背後都有一隻超棒的貓》，研究

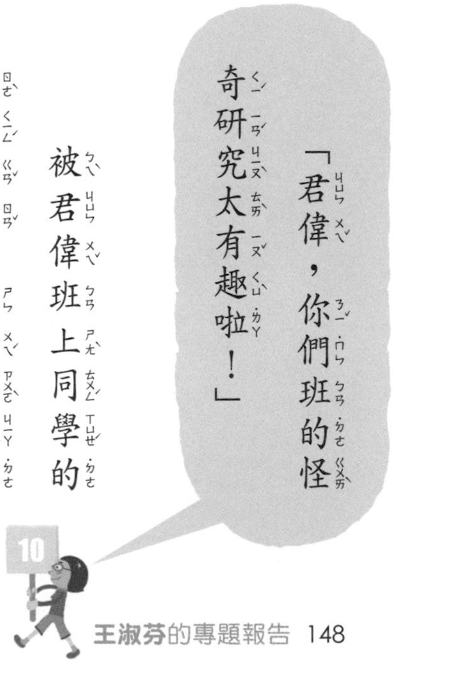
「君偉，你們班的怪奇研究太有趣啦！」
10

知名女性與她們的愛貓呢。

既然身為作家，不如，我就來研究作家。

先來澄清一件迷思，許多讀者以為作家總是在咖啡館寫稿，或熬夜埋首寫作。《哈利波特》的作者羅琳寫作地點的確是在咖啡廳，但是並非所有作家皆如此。比如我自己習慣在家中創作，而且我的電腦前一定躺著我的貓咪「貓巧可先生」，我通常必須一面寫，一面把牠放在鍵盤上的尾巴撥開。

作家並不一定只會寫作。我的專題研究就是想分享一些「斜槓作家」的奇妙專長。先聲明，這份研究不是針對那些業餘作家，也就是那些「原來有正職，比如醫師，順便寫了與本業相關的書」。而是真正以寫作為主，或寫出有影響力、數量也多的作家，當作我的研究對象。

斜槓的意思是，名片上印的職業，頭銜除了作家，還加上斜線，註明另有其他專業，愈多斜線，表示愈多專長。一條一條的線，便是斜槓，所以「斜槓作家」就表示此人除了擅長寫作，還有其他專門技術，而且並非只是休閒嗜好而已，是真的具有專家級的能力。

以我自己為例，若要在名片上印出我的頭銜，可以寫「作家／美術教師／舞蹈人員」，因為我真的在小學擔任過十多年美勞老師；童年時學過五年舞蹈，曾獲全縣舞蹈比賽的冠軍，大學時還加入表演團體，到各地演出呢。

所以，我是斜槓作家無誤。

以下是我的專題研究，看看有哪些斜槓作家讓你大感驚訝？

專題研究　研究人：王淑芬

研究主題：作家也斜槓

研究目的：打破一般讀者的慣性思考，從此對作家這個行業，

有更多寬闊的認識，也激發自己興趣更多元。

研究對象：介紹數位童書作者或世界知名作家，列出他們除了寫作一職，還有哪項專長或特殊的習慣。

作家群與他們的斜槓專長，列表如下：

姓名	知名的文學作品	其他斜槓專長
馬克・吐溫	湯姆歷險記	發明家
托爾金	魔戒	自創語言
碧雅翠絲・波特	小兔彼得	植物學家
露薏絲・勞瑞	記憶傳承人	攝影師
托爾斯泰	戰爭與和平	棋藝大師
海明威	老人與海	厲害的漁夫
赫曼・赫塞	徬徨少年時	水彩畫家
阿嘉莎・克莉絲蒂	東方快車謀殺案	有考古專業能力
雨果	悲慘世界	畫家
愛蜜莉・狄金遜	愛蜜莉詩集	得獎的麵包烘焙專家
麥德琳・蘭歌	時間的皺摺	鋼琴演奏
史蒂芬・金	黑塔	自組樂隊演出

擁有許多讀者的馬克·吐溫，除了以幽默的言談讓人印象深刻，當年他與發明家愛迪生、特斯拉都是好朋友，所以也有三項發明專利喔。其中一款自粘式剪貼簿，當時賣出二萬多本。不過他最為人知的發明，是一直到現在仍被使用的彈性環扣。本來多用於背心、長褲，穿起來比較舒服，如今則廣泛用於內衣上。這件發明，你可以告訴媽媽；想不到《湯姆歷險記》的作者，對女生內衣的舒適度也有貢獻。

而家喻戶曉的《小兔彼得的故事》，作者碧雅翠絲·波特女士熱愛田園生活，不但在自家農場養護動物、栽種植物，更發表了真菌發芽理論，同時也是英國第一位、世界上最早了解藻類與真菌之間共生關係的人之一。

《時間的皺摺》一共有五部曲，也改編過電影。作者蘭歌鋼琴技藝熟練，她說過：「每當創作陷入瓶頸，我便坐下來彈鋼

琴。」她還特別強調，彈琴不僅僅是愛好而已，更是有助於破除意識與潛意識之間的障礙；換句話說，當寫作時若太過於理性，有時遇到關卡，寫不出來，這時演奏鋼琴，流暢樂音對打開關卡有所幫助，可以讓直覺、感性來發揮；心靈覺得自由時，下筆也暢通了。

美國作家露薏絲．勞瑞創作的「理想國四部曲」，是著名的反烏托邦科幻小說。她同時也是一位專業的攝影師，美國初版的《數星星》封面，那位瑞典女孩照片，就是她拍攝的。

《魔戒》和《哈比人》作者托爾金是個語言專家，一生都對發明獨有的語言充滿熱情，不但有自創的文字，還有語言使用規則。以他的小說改編的電影中，導演也真的讓演員講「精靈語」。你聽得懂嗎？應該不懂，可是想想，挺有趣的。

補充一下，還有一組自創語言也十分著名，就是擁有眾多粉絲的電影《星艦迷航記》中，克林貢人所說的克林貢語。你能在網路找到這種特殊語言的百科全書，也真的有影迷熱情的學習與使用。可以想像，當舉辦影迷聚會時，聚會中必定出現克林貢語，與專有的瓦肯人手勢。

除了這些有斜槓專長的作家，有位很特別的音樂家，他的斜槓專長也值得介紹。音樂史上具有開創性、大出所有聽眾意料的一首名曲，是「四分三十三秒」，作曲者是美國的約翰·凱吉。這首曲子其實是長達四分又三十三秒的靜默，也就是根本沒有演奏任何樂器。

這位作品很前衛的音樂家，除了寫出讓人瞠目結舌、古怪又有趣的音樂作品，也發表許多帶有東方禪意的音樂理論，但是他本人還有一項專長，卻跟藝術無關，就是蘑菇專家。

約翰·凱吉不但加入美國紐約的真菌學會，住在美國加州時，也常走進林中，採集各種野菇，加以分類研究。他的部分特殊野菇收藏，還保存在加州大學中。不僅如此，他與園藝家也在學校開課，親自帶著學生實地採集菇類與講解。

最為一般人津津樂道的是，他到義大利參加一項知識競賽，以他豐富的真菌專業能力，得到最終大獎。你猜，約翰·凱吉以優渥的獎金買了什麼？答案是一部比較好的鋼琴送給自己，畢竟，他是一位音樂家嘛。

傑克·凱魯亞克的書《在路上》，是美國文藝青年必讀的啟蒙之書；他的斜槓專長太特別了，是「想像的棒球遊戲」。一直熱衷於運動的他，寫作之餘發明了紙上棒球，不但有詳細的規則，還組成虛擬的球隊。在他的筆記本上，一一寫出球隊隊員的名字，以及每場比賽的賽況、積分表，連球員的合約與各隊的財務狀況都有詳細記錄。他可不是一時興起，這個「幻想中的棒球遊戲」，整整進行了十年。放在今日，簡直就是桌遊，我們不妨稱他為桌遊設計師。

就算沒有達到專家級的斜槓技術，不少知名作家也有著名的業餘興趣。《彼得潘》作者巴里爵士，熱愛板球，成立了業餘球隊；這支球隊可說眾星雲集，十分夢幻，除了他自己，還有《福爾摩斯》作者柯南．道爾、《小熊維尼》作者米恩、《叢林奇談》作者吉卜林、《世界大戰》作者威爾斯等人。至於他們的球技如何不是重點，讓作家們紓解情緒比較重要。

再分享一些作家特殊的行為或習慣。

童話大師安徒生每次外出旅行，由於擔心住旅館時遇到火

災，因此必定在行李中帶著堅固的繩索。《基度山恩仇記》作者大仲馬，喜歡以藍色墨水寫稿，據說因為比較快乾。海明威喜歡站著寫作，推理小說天后阿嘉莎．克莉絲蒂如何想出謀殺情節？她喜歡躺在浴缸裡，嚼著蘋果進行思考。

關於蘋果，還跟一位作家有密切的連結。《浮士德》作者是德國的歌德，有天他去拜訪作家好友席勒，席勒外出不在，他便坐著等候。等待的期間，不斷聞到一股可怕的氣味傳來，他循著味道找啊找，原來是席勒書桌抽屜放著爛蘋果。「不可以丟掉！」席勒的太太對歌德說，「我先生一定要聞著爛蘋果的味道，才有靈感寫作。」

《鐘樓怪人》作者雨果在寫這本書時，強迫自己專心，所以把衣櫃的門鎖住，不讓自己出門。

我自己有沒有特殊寫作習慣？除了習慣在家使用桌上型電腦寫作，倒沒有像巴爾札克那樣，一天要喝數十杯咖啡才能寫。

有時，作家採取習慣的動作，是將這個行為當作一種儀式，透過儀式，讓自己的心思進入專注狀態。有些作家熱愛咖啡或茶，可能因為氣味可以讓他放鬆心情，可以靜下心來寫；或像《戰爭與和平》作者托爾斯泰，只在晨間寫作，因為他認定晚上寫的都是胡說八道，早晨才清醒。作家們真是有趣的族群！

透過這次的研究，我有幾個結論：

一、作家通常是觀察敏銳、感情豐富的人，對新奇的事物，會比一般人反應熱烈；多數作家也具有冒險精神，勇於多方嘗試。所以作家斜槓，對寫作之外的事有高度興趣，似乎也不讓人意外。

二、其實不一定要當作家，才能斜槓。生而為人，具有比普通動物更高的能力，應該培養出自己的多元興趣，人生閱歷會比較豐實，至少好玩多了。

三、然而如果有人不想斜槓，只專注在一件事上，可不可以呢？當然可以！更多作家一輩子只把心力用在寫作，不想斜槓。

寫完這篇簡單的研究，對我自己有沒有啟發？我的想法是身為作家，雖然不一定要有斜槓能力，但保持對萬事萬物的好奇，興趣廣泛是有益的。因為有興趣，才會小心觀看，能察覺到旁人沒有注意到的細節，這些細節，可能化為寫作材料啊。

下次如果遇見某位作家，不妨請教他：「請問，您的斜槓專長是什麼？」以及：「您有特別的寫作儀式嗎？」

王淑芬的愛貓貓巧可補充

喵嗚嗚，喵喵，喵嗯喵嗯，嗚嗯喵。

那是貓語，我不會翻譯。

作者後記

世界是一所雜學校

從小我就對稀奇古怪的見聞，無比好奇。比如西元一八七二年有艘船，被發現時，船在人空，船上人員私人物品都在，船船也完好，但是人呢？全都不見蹤影！被後人稱為幽靈船的瑪麗賽勒斯特號，究竟發生什麼事？

是所有人發覺自己染上可怕的傳染病，所以全部跳海犧牲自己，免得回到陸地害人？還是真的有平行宇宙，忽然被轉移到另一個世界？或是他們只是遇到海盜船，被當奴隸擄走？

我喜歡收集這類有意思卻不一定有解答的世界祕聞。再舉一例，我的電腦中收集不少《愛麗絲漫遊奇境》的插畫；許多畫家都畫過這本書，我只針對「掉進兔子洞」這一幕的插畫來收集。結果發現有趣的事：有些畫家把愛麗絲掉進洞的姿勢，畫成頭在上腳在下，直直掉落；有些則頭在下腳在上。你們猜，哪一類比較多？若是你來畫，愛麗絲以哪種動作掉下去比較合理？

機器人可以寫出完整文章，若去參加作文比賽，會贏過人類嗎？

已經知道有些麥田圈是人類的惡作劇，可是其他的麥田圈，也全都是人為的？或是真的有外星生物來地球打卡的傑作？

世界是一所五花八門的雜學校，收集這些珍聞妙事，為我的尋常生活添加無比樂趣。我電腦中也存有許多「貓咪鑽到各種盒子」的可愛圖片，看著就覺得人生好歡樂。

有時，我也會對這些妙人妙事東想西想，讓原本單純的收集，變成有意義的人生思索。我的思考通常有兩種路徑，有時，採取理性邏輯分析，以便增加自己條理分明的深究能力；有時，以天馬行空的想像力，胡亂猜想答案，也能添加自己的創意功力。

本書內容便是我多年收集的古怪見聞，以趣味方式整理而成。除了分享各類妙事，重點也希望引發讀者更多討論與深度思考。本書能延伸的思考點頗多，比如：

- 科技業者拜「乖乖」，是迷信嗎？還是有些時候，可以接受「不危害安全」的迷信？理由為何？
- 一個人該一輩子專注培養某項專長，還是可以多方發展？
- 讀沒有特別教育意義的書，意義何在？作家只是在惡搞、捉弄讀者嗎？
- 人類世界為什麼有一堆規矩，喜歡禁止這個、禁止那個？那些禁止，真的合理嗎？訂立這些規條的人，若自己哪天也被禁止，心裡做何感想？

●你是個容易上當的人嗎？容易上當的人，是單純善良，還是思考不周密？怎樣才不會輕易受騙？

當然，我更期待讀者在紙頁間，點燃自己打造的火光，想出更多問題，照見更多耀眼的想像力與獨特觀察。

書中每篇故事都以一份專題研究呈現，為了讓故事增添趣味與生動，我並沒有按照正規的研究論文書寫格式書寫。如果你也想寫一篇自己的專題報告，基本的內容大概可分以下幾點：

一、**研究主題**：訂一個精確的題目，好讓其他人一看便知道你的研究內容為何。

二、**研究目的**：可以先寫引發此次研究的動機，再擬訂目的。初期研究，目的不要太複雜巨大，聚焦一個方向，進行比較深入的探討，反而有收穫。

三、**研究方式**：不論參考書籍或訪談、實驗、調查，重要的是注意安全，資料要多方查證，以及遵守法律上的規定，不侵犯他人權益。

四、**研究過程**：將過程以條理清晰的文字或圖表呈現。如果引用相關資料，加上註解，說明來源。

五、**研究結果**：說明研究過程得到的最終統計數據，或綜合的結果。

六、**結論**：將研究結果與目的對照，是否與原來的預測相同，或截然不同。有無特別的發現？若有進一步更廣闊或深入挖掘的需要，還可以計畫未來研究的主題。

七、**參考文獻**：如果是講求嚴謹的學術報告、科學研究，須列出引用的資料，證明不是研究者憑空捏造。

本書先讓君偉班級的師生，依序上臺報告，最後作者本人也加入，這種寫法，在文學術語上，叫作「後設」。不過，我這樣安排的理由，有點像是接力賽跑，由書中人交棒給作者，接著作者交棒給讀者；期待你們讀完，也進行好玩的研究。

最後，我還有一個額外目的。常有小朋友向我抱怨：「作文好難，可以寫什麼呢？」這本書，正好為大家示範，只要平時注意收集，當資料夠多時，將它們分類，以有趣的形式介紹，加上自己的新穎想法，並能帶給其他人反思，就這樣，一本書完成了！不難吧。

王淑芬

童書作家、手工書達人、閱讀推廣名師。曾任小學主任、美勞教師、公共電視與大愛電視臺文學節目顧問與主持。著有校園故事「君偉上小學」系列、兒童哲學童話「貓巧可系列」、科普童書「怪咖教室」系列、《少年小說怎麼讀》，以及手工書系列《一張紙做一本書》等童書與教學用書六十餘冊。喜愛各種冷知識及其背後的故事，認為閱讀時，除了開卷有趣，最好還能吸收各種怪奇智慧，這樣「生而為人，才沒有白活」。因此創作時也期許自己能寫出既有趣、又能刺激思考的好故事——貓巧可搖尾巴說這樣才對。

臉書粉專：王淑芬童書手工書，https://www.facebook.com/sfchoco/

賴馬

繪本作家，育有二女一子，創作靈感皆來自生活感受。創作近三十年，繪本作品共有十六本。作品亦被翻譯、發行多國語言，目前圖像授權及發展多樣周邊商品，故事也改編成音樂劇、舞臺劇等演出形式。

編寫故事首重創意，講究邏輯。擅長圖像語言，形象幽默可愛，構圖嚴謹巧妙，並處處暗藏巧思，是其繪本特色。多年來深受孩子和家長喜愛，每部作品都成為親子共讀的經典。獲獎無數，如圖書最高榮譽兒童及少年圖書金鼎獎等，更曾榮登華人百大暢銷作家第一名，是首位獲此殊榮的本土兒童圖畫書創作者。

主要作品有：圖畫書《我變成一隻噴火龍了！》、《帕拉帕拉山的妖怪》、《早起的一天》、《我和我家附近的流浪狗》、《慌張先生》、《胖先生和高大個》（與楊麗玲合著）、《金太陽銀太陽》、《十二生肖的故事》、《猜一猜 我是誰？》、《愛哭公主》（與賴曉妍合著）、《生氣王子》、《勇敢小火車》（與賴曉妍合著）、《朱瑞福的游泳課》（與賴曉妍合著）、《最棒的禮物》、《我們班的新同學 斑傑明・馬利》、《一樣不一樣 斑傑明・馬利的找找遊戲書》、《君偉上小學》系列插圖。

君偉的怪奇報告

君偉上小學9

特別篇

作者－王淑芬
繪者－賴馬
責任編輯－楊琇珊
封面、版型設計－林家蓁
電腦排版－中原造像股份有限公司
行銷企劃－陳詩茵

天下雜誌群創辦人－殷允芃
董事長兼執行長－何琦瑜
媒體暨產品事業群
總經理－游玉雪
副總經理－林彥傑
總編輯－林欣靜　行銷總監－林育菁
主編－楊琇珊　版權主任－何晨瑋、黃微真

出版者－親子天下股份有限公司
地址－台北市 104 建國北路一段 96 號 4 樓
電話－（02）2509-2800　傳真－（02）2509-2462
網址－www.parenting.com.tw
讀者服務專線－（02）2662-0332　週一～週五：09:00~17:30
讀者服務傳真－（02）2662-6048
客服信箱－parenting@cw.com.tw
製版印刷－中原造像股份有限公司
法律顧問－台英國際商務法律事務所．羅明通　律師
總經銷－大和圖書有限公司　電話－（02）8990-2588
出版日期－2022 年 4 月第一版第一次印行
　　　　　2024 年 5 月第一版第五次印行

定價－300 元
書號－BKKC0049P
ISBN－978-626-305-188-1（平裝）

訂購服務－
親子天下 Shopping－shopping.parenting.com.tw
海外．大量訂購－parenting@cw.com.tw
書香花園－台北市建國北路二段 6 巷 11 號　電話－（02）2506-1635
劃撥帳號－50331356　親子天下股份有限公司

國家圖書館出版品預行編目（CIP）資料

君偉的怪奇報告／王淑芬文；賴馬圖 . -- 第一版 . -- 臺北市：親子天下，2022.04
172 面；19X19.5 公分（君偉上小學．特別篇；9）注音版
ISBN 978-626-305-188-1（平裝）
863.596　　111002330

立即購買 >
親子天下 Shopping
有聲故事書